Une Courtisane sous la Révolution

Une Courtisane

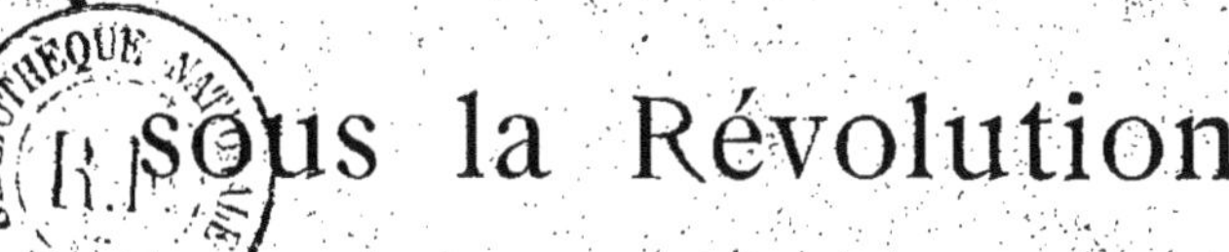

sous la Révolution

Par Louis Latourrette

PARIS

E. BERNARD IMPRIMEUR-ÉDITEUR

29, Quai des Grands-Augustins, 29

Droits de Traduction et de Reproduction réservés.

Une Courtisane

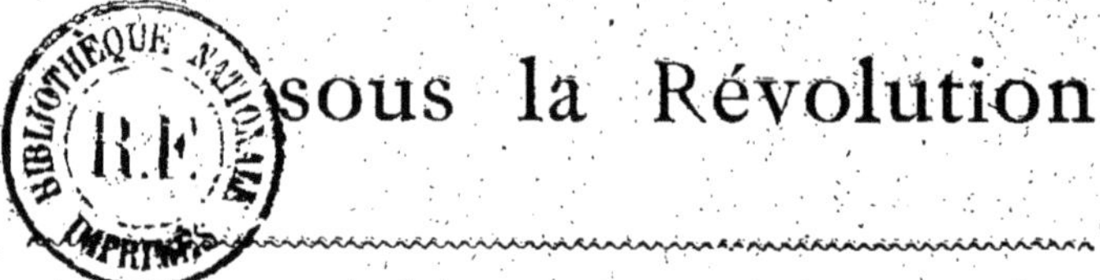

sous la Révolution

I

Il y avait foule, ce soir-là, vers cinq heures, dans le jardin Egalité, qu'on nomme aujourd'hui le Palais-Royal.

C'était un soir de fin août, en 1792.

Il faisait très chaud. Nulle brise n'agitait les frondaisons des marronniers, déjà jaunies d'automne ; au fond du ciel, embué d'atmosphère ardente, les étoiles brillaient d'un bleu intense de saphir.

Dans les allées, le long des galeries, des groupes se promenaient. Foule inexprimablement mêlée. Des élégants à habit bleu-barbeau paré de gros boutons de métal, à chapeaux gigantesques, donnaient le bras à des « toutes belles » arborant de riches linons tricolores ; tout auprès, des garnements débraillés, à carmagnole rouge, entouraient indiscrètement la taille de gourgandines aux costumes criards. Des voix aigries d'ivresse clamaient des chants patriotiques qui dominaient pour un instant le hourvari des marchands de coco annonçant et sonnant « à la fraîche », des vendeurs de journaux.

Innombrables, ceux-ci.

Et combien significatifs de l'époque les titres et les sommaires dont, à grands hurlements, ils alléchaient la clientèle.

— Demandez le *Père Duchêne*, du bon citoyen Marat... A lire sa polémique contre Danton.

— Voici le *Dénonciateur national*, l'organe des vrais patriotes... Il signale des traîtres.

— Achetez le *Journal de la Savonnette républicaine*.

D'autres camelots offraient des pamphlets.

— Qui veut ma brochure ? *La chemise levée*. Curieuses révélations sur les couvents...

— *La Papillotte*, ou la vérité sur les assignats.

— Prenez la *Culotte*, chanson comique...

Frondeurs, certains annonçaient des publications royalistes.

— Pour rire et s'amuser... *La lettre de Rabelais*, vol au vent des décrets de l'Assemblée, boudin à la Barnave, dindon à la Robespierre.

Autour des bassins, on discutait. Des orateurs improvisés péroraient, interrompus souvent par des contradicteurs ou par des lazzis railleurs. On commentait les événements récents : la journée du 10 août, l'assassinat de la princesse de Lamballe, l'internement du roi au Temple. Des périodes sonores et re-

dondantes se coupaient de brutalités féroces ou obs-
cènes. Des femmes injuriaient la reine.

Des nouvelles graves couraient, allumant des co-
lères : l'entrée des Prussiens sur le territoire français,
la fuite de Lafayette, la capitulation de Longwy.

On tempêtait :

— La Patrie est en danger !

— Aux armes !

— Trahison ! A la lanterne les aristos !

Cependant que d'autres groupes s'esclaffaient aux
pantalonnades de saltimbanques.

Des bandes s'empressaient vers les cafés ou vers
les maisons de jeu, les tripots pullullant aux environs.

Parmi cette cohue, un homme circulait, seul, très
triste. Il passait, indifférent, au milieu de la turbu-
lence des attroupements. Il semblait ne pas entendre
les « Carmagnoles » et les « Ça ira » non plus que
les palabres des vociférateurs. Il ne regardait rien ni
personne. Les yeux vagues, somnambuliques d'idée
fixe, il marchait, le dos légèrement courbé.

Sa figure et la souplesse de son corps désignaient
un homme de vingt-cinq à trente ans. Il était beau :
de longues boucles blondes, envolées, encadraient
des traits ovales, imberbes, où le charme se combi-
nait à l'énergie. Les yeux, d'une profonde limpidité
bleue, brillants d'intelligence et de volonté sous un
voile clair de douceur rêveuse, indiquaient l'individu
de race celte. Il y avait en eux toutes les expressions
de la fierté, de la franchise et du courage. La stature

de l'inconnu était grande et svelte, ses muscles, malgré l'accablement de son actuelle démarche, jouaient avec aisance et élégance. Les mains avaient une finesse patricienne. Sous la mise désordonnée, pauvre — peut-être intentionnellement — on devinait l'individu de haute caste.

Fréquemment des femmes l'ayant croisé, se retournaient sur lui, laissant lire dans leurs prunelles un éclair d'admiration pour cette jeunesse et cette beauté. Des ouvrières et des catinettes s'éclataient à haute voix.

— Le beau garçon !

— Quels que soient les mérites de l'intègre Marat, je lui préfèrerais ce joli blond...

— Il est, certes, aussi bien que le beau Saint-Just.

— Citoyen Adonis, osa une gentille brunette, pourquoi cette mine d'enterrement ? Des chagrins de cœur, peut-être ? C'est peu croyable... Mais si c'est cela, les consolations ne doivent pas te manquer... Pourquoi n'en pas profiter ?

L'inconnu, sans même un sourire, continuait son chemin, indifférent. Les compliments, les galanteries, les invites, il ne les entendait pas plus que le tumulte révolutionnaire du jardin. La tête basse, le regard distrait de tout, il allait.

A un certain moment, comme il longeait la galerie où fulguraient les vitrines des plus célèbres bijoutiers, il se trouva au milieu de l'assemblée des courtisanes, qui affectionnaient cet endroit.

Elles étaient en grand nombre et d'une société hé-

téroclite, ainsi que tout en cette époque d'égalita-
risme à outrance.

Certaines, les plus huppées, exagéraient d'un luxe
vaniteux la mode, déjà si excentrique, du moment.
Elles portaient la redingotte *nationale* de drap bleu,
à collet montant écarlate et à liseré rouge, des jupons
de linon blanc bordé de ruban rouge ; elles étaient
coiffées de chapeaux de feutre blanc brodé en argent
au milieu et surmonté d'une aigrette tricolore, avec
un ruban bleu serpentant dans les cheveux.

D'autres ne se signalaient que par la richesse du
mouchoir anglais appelé « manteau », alors fort en
vogue, dont elles couvraient leurs épaules.

Les plus pauvres essayaient de se recommander au
choix des patriotes par la prodigalité des cocardes
tricolores.

Il y avait beaucoup de petites filles, des gosselines
entre douze et quinze ans, d'une effronterie vive, qui
chuchotaient leur âge et les prouesses d'une savante
complaisance à l'oreille des hommes âgés.

La Révolution a été rarement considérée au point
de vue amoureux. Les événements tragiques ou glorieux ont fait oublier le point de vue libertin — et
beaucoup, trop partialement, indiquent les années
1792 et 1793 comme ayant été d'une stoïque
vertu.

Il n'en est rien. Le désordre, le danger stimulaient
les passions. On voulait jouir vite, beaucoup, et avec
acuité. La période de la terreur fut très vicieuse et
les libertins de Louis XV ne firent pas une plus scan-

daleuse consommation de gamines irrégulières que les citoyens des mois formidables.

Dans tout Paris, les malheureuses fillettes, pour manger, pour satisfaire la cupidité de parents ayant perdu toute moralité de famille dans le relâchement général, s'offraient au promeneur ou se pressaient aux portes des maisons tenues par des matrulles impudentes.

Les Goncourt ont relevé ce propos d'une pauvre mignonne, évincée d'un établissement de prostitution !

— On n'a pas voulu de moi, je suis trop vieille... J'ai quatorze ans...

Le mot est caractéristique.

Pour allécher le client, les courtisanes de vingt ans devaient s'adjoindre une « poupée » toute jeunette qui les suivait partout : aux jardins, aux cercles de jeu, aux cafés. Des gamines de douze ans furent illustres.

D'ailleurs, le honteux commerce ne chômait pas. Attendus par la mort sur les champs de bataille de la frontière ou guettés par la machine à Sanson, les hommes se précipitaient à la volupté, passionnément.

Au moment où le jeune homme arrivait auprès du clan des hétaïres, son attention fut attirée par une glapissante criaillerie de voix féminines :

— Bravo ! bravo, la Bleuette !... Bravo !...

Il regarda et, parmi le groupe, aperçut une jeune femme, très jolie, l'objet de ces acclamations, qui se querellait véhémentement avec un homme.

La reconnaissant, il eut un sursaut.

— Elle ! ici !... murmura-t-il.

Il s'approcha.

Svelte dans une élégante redingote bleue, la taille harmonieuse, la figure d'un incarnat d'églantine d'avril, éclairée de grands yeux d'azur, auréolée d'opulents cheveux blonds, celle que ses pareilles nommaient la Bleuette était « une fine vénusté », selon l'expression de l'époque.

Sa colère, qui rosissait davantage ses joues, qui faisait briller plus ses grands yeux, avivait son charme.

L'homme à qui elle adressait ses invectives était un épais quarantenaire, d'une laideur repoussante, prétentieuse, qu'il s'efforçait manifestement de régler à la ressemblance du masque de Marat. La vulgarité de sa personne se trouvait mal à l'aise dans un costume de prix, d'une austère recherche. Cette mise attestait le rustre brusquement élevé par la fortune. Un agioteur ?... un policier dénonciateur ?... une célébrité du club jacobin ? La massiveté de son prognathisme et la biglerie de ses yeux inclinaient en tout cas à faire admettre qu'il fût adonné à de mauvaises besognes.

Enragé des insultes dont le cinglait la jeune femme, congestionné, il était hideux.

— Citoyen Voujars, criait la Bleuette, furieuse, je vous ai déjà dit plusieurs fois que votre poursuite me répugne... Vous avez beau être riche de tout l'argent volé dans les visites domiciliaires, vous avez beau être dans les petits papiers des grandes carmagnoles de la Montagne... Je ne veux pas de vous... Vous me dégoûtez... Est-ce compris ?...

— Très bien ! bravo ! applaudissaient les spectatrices.

— Vous me dégoûtez ?... Vous êtes laid, vous êtes un sale mouchard... Je vous exècre, m'entendez-vous... Depuis six mois, vous ne cessez de m'obséder de vos émissaires ou de vous-même... Une fois pour toutes, laissez-moi tranquille... Ah ! le beau soupirant de cauchemar que j'ai là !... Heureusement, l'Une et Indivisible n'a pas encore décrété que les monstres aient droit à l'amour des femmes... Jusque-là, mon bonhomme, vous pourrez avoir recours aux malheureuses des Quinze-Vingts... Etant aveugles, elles vous accepteront peut-être...

— Bien envoyé !... A toi touché, Voujars !... Oh ! quelle tête !... s'esclaffait l'assemblée, grossie à chaque minute.

Irrité de l'outrage, de la rebuffade, de la risée provoquée autour de lui le citoyen Voujars tremblait d'une ire difficilement contenue. Ses yeux s'injectaient ; la congestion de sa face se jaunissait de bile.

— Citoyenne ! bégaya-t-il, d'un ton de menace.

— Quoi donc ?... riposta la Bleuette... Il ne vous manque vraiment que de vous montrer un malotru pour être complet.

— Prenez garde ! grogna l'homme, les poings contractés.

D'un rire de dédain, la jolie blonde le défia. Et ce rire sonna avec une telle insolence que tout le monde autour d'elle, se joignit à son hilarité.

L'excès du scandale grotesque fit éclater la brutalité du monstre. Déjà il levait sa lourde main pour gifler la moqueuse, lorsque d'un élan, fendant la cohue, la jeune homme bondit vers lui, lui prit le bras et le maintint d'une poigne solide.

— Vous ne toucherez pas cette femme ! enjoignit-il.

— Qui êtes-vous ?

— Peu vous importe, répartit avec un calme mépris le nouvel acteur de la scène. Je vous interdis de commettre une lâcheté et je vous ordonne de vous en aller.

— C'est trop fort !

D'un effort de tous ses muscles, Voujars tenta de se dégager, mais la main de l'inconnu le maîtrisa. Dans ce mouvement de lutte, les prunelles fauves des deux hommes échangeaient des éclairs de haine. Maté, ayant senti que toute tentative lui serait impossible, Voujars bougonna, blême de honte et de fureur :

— Bien... je m'en vais... On se retrouvera....

— A votre aise ! dit l'autre, en desserrant son étreinte.

Les femmes, conquises par la radieuse jeunesse, la beauté superbe et la mâle énergie du jeune homme, l'acclamaient :

— Vive le gentil citoyen ! Bravo !

Une huée unanime accompagnait la retraite de Voujars !

— A la lanterne, le vilain !... A-t-il été assez dompté, le sale ours !... A la lanterne !...

Cependant, la Bleuette avait reconnu celui qui était

venu à son secours et, surprise, elle ne put retenir cette exclamation :

— Vous!... vous, à Paris.... Monsieur le marquis...

— Tais-toi, Fantik!... Veux-tu donc me perdre!...

Pour sauver sa dignité, Voujars s'en allait lentement. Il entendit les paroles de la Bleuette. Un sourire de malignité rida son abjecte figure.

— Tiens! tiens! fit-il à part lui. C'est un marquis. Un ancien amant à elle, sans doute. Je me vengerai de la petite vermine, et quant à l'aristo, son compte est bon...

Il s'éclipsa.

— Merci! merci! balbutiait la Bleuette, bouleversée. Vous êtes bien toujours le même, monsieur le... pardon! Monsieur Georges... toujours brave, toujours généreux.

Elle avait saisi la main du jeune homme et avait voulu la porter à ses lèvres. Il l'en avait empêchée, lui disant avec un sourire :

— Tu n'y penses pas, voyons,... ma Fantik ?

Les courtisanes applaudissaient encore :

— Bravo, le citoyen !

— Bravo, la Bleuette !...

Celui que la jolie fille avait appelé Monsieur Georges lui demanda :

— Comment! c'est toi qu'elles nomment la Bleuette ?

— Oui, répondit-elle, devenant très rouge.

Le nom de la Bleuette était célèbre depuis quelques mois, aussi célèbre que ceux de la Bacchante et de la

Blonde Elancée, illustres hétaïres de ce temps. Ce sobriquet lui avait été donné tant à cause de la séduction de ses grands yeux de ciel que parce qu'elle était fidèle immuablement à la nuance bleue pour ses toilettes. Le bleu seyait si bien à sa blondeur! Sa beauté, certes, lui méritait sa gloire, mais aussi surtout le luxe qui lui était possible depuis sa liaison affichée avec Mirojal, le millionnaire Mirojal, un agioteur des plus fameux, qui l'adorait.

— Ah! il s'est passé tant de choses, depuis!... soupira la Bleuette...

Il ne faut pas me mépriser, Monsieur Georges... Si vous saviez! Et puis ça me ferait tant de peine!...

Toute sa figure s'empourprait de plus en plus...

Mais M. Georges lui répondit d'une voix douce :

— Te mépriser, ma pauvre Fantik ?... Jamais de la vie!... Quoi qu'il soit advenu, tu es restée, j'en suis sûr, la fille au noble et bon cœur d'autrefois... Et si j'ai insisté pour savoir si tu étais vraiment la Bleuette, ce n'est pas pour te peiner, mais parce qu'étant telle, tu peux m'être de l'aide la plus précieuse, ce dont je te prie...

— Ah! de grand cœur!... Mais comment!...

— Voici. Bien que n'étant à Paris que depuis peu de jours, je sais que la Bleuette est au mieux avec Mirojal, le financier, un ami de Robespierre et de Marat.

— C'est vrai, avoua-t-elle, toujours embarrassée.

— De la sorte, si tu y consens, il te sera aisé de sauver une existence qui m'est mille fois plus précieuse que la mienne.

— Mon zèle n'est-il pas tout acquis au fils des bien-faiteurs de ma famille... et à vous, Monsieur Georges !...

— Disais-je pas bien que tu es toujours la bonne et dévouée Fantik ?...

Voyons ?... il m'est impossible de te parler ici... Ma confidence exige le secret... Où pourrais-je t'entretenir en secret ?

Elle proposa :

— Voulez-vous venir...

Puis s'arrêta, hésitante, et reprit enfin :

— Voulez-vous venir chez moi ?... Ne serez-vous pas offusqué ?

— Allons ! dit le jeune homme.

Le colloque avait été tenu à voix très basse. Les filles qui s'obstinaient à entourer les deux jeunes gens n'en avaient rien entendu. Lorsqu'ils s'éloignèrent, elles saluèrent, admirant :

— Ah ! le joli couple !...

II

C'était de longtemps que datait l'amitié de la Bleuette et de M. Georges.

Françoise Le Goffal (on la nommait Fantik en breton) était la fille des fermiers dont la race avait été séculairement attachée à la famille des marquis de Kervec, dont Georges se trouvait être le dernier rejeton.

La vie était patriarcale au château des Kervec.
Quoique portant haut l'orgueil de leur aristocratie
armoricaine qui remontait au douzième siècle, les
seigneurs ne dédaignaient pas d'ajouter à leur libé-
ralité envers leurs serviteurs une bonté de biblique
familiarité. Les parents de Georges de qui sa nais-
sance avait comblé les vœux sur le tard de leur union
auraient pu, grâce à leur immense fortune, tenir
rang fastueux à la cour. Modestes, ils préféraient
l'existence simple de leur Bretagne, l'affection de
leurs fermiers ou des pêcheurs. Ils les visitaient souvent, charitables aux pauvres, s'asseyaient à la table
des travailleurs, consolaient les malades.

Georges et Fantik avaient grandi ensemble. Lui,
garnement turbulent, plus empressé à des vagabon-
dages sur les falaises, à des équipées en barque
qu'aux leçons de l'abbé, son précepteur. Elle, gamine
enjouée, de chérubine joliesse avec des audaces de
garçonnet polisson, folle de bonheur d'être associée
aux expéditions du mignon et tumultueux petit gentilhomme.

Georges eut dix-huit ans lorsque Fantik en avait
seize.

Leur camaraderie continuait.

Un printemps, un de ces délicieux printemps de
Bretagne, exquis de la douceur attendrie des azurs,
de la brise atlantique parfumée de violettes, un printemps fleuri de la splendeur d'or des genêts révéla
aux adolescents leur beauté et leur amour.

Le même trouble adorable et candide les pénétra à

découvrir leurs séductions pareillement blondes et roses.

Ce fut une idylle très jeune, très simple et très jolie.

Comme ils revenaient seuls d'une excursion, longeant la mer, une fin d'après-midi d'avril, Georges, la voix un peu rauque, parla :

— Sais-tu, Fantik, que tu es gracieuse entre toutes... Tu es comme une fleur et tu es toutes les fleurs... Tes joues semblent rosées de la pudeur des pétales du pêcher, tes lèvres sont une rose épanouie un soir de mai, tes yeux ont l'espiègle mutinerie bleue des myosotis : il y a plus d'or dans tes cheveux que dans la floraison des ajoncs. Tu es toutes les fleurs, Fantik.

Ravie, elle ne répondait pas ; mais les mots d'enchantement faisaient monter à ses tempes une aurore de plaisir.

Longtemps Georges psalmodia à son oreille son madrigal de poésie.

Auprès d'eux, la mer, d'une immense langueur énamourée sous la caresse du couchant, soupirait sur la grande lande morne ; la tristesse des bruyères s'attendrissait de renouveau. Des rossignols exaltaient l'éperdue frénésie de leur désir.

Tout, partout, était amour.

Les jouvenceaux marchaient côte à côte, leurs bras enlaçant leurs tailles, en une inconsciente caresse.

En passant près d'un bosquet, Georges dit :

— Je t'aime !

— Je t'aime ! répondit Fantik.

Ils cueillirent leurs bouches en un long, très long baiser.

Et parmi la douceur de la lande et de la mer, dans le soir prestigieux, ce fut, ingénument, leur initiation.

Avec une ferveur d'enfants, ils communièrent dans la mystérieuse et divine volupté...

Depuis, tous les soirs, pendant un an, ils se retrouvèrent dans la solitude des bosquets ou des grottes.

— Je t'aime ! disait Georges.

— Je t'aime ! répondait Fantik.

Ils s'extasiaient du don total de leurs jeunesses. Leurs caresses, ardentes, ne s'égaraient pas malignement.

Au bout d'un an, Georges avait dû partir pour commencer, sur une frégate commandée par son oncle, son apprentissage d'officier de marine. Aimant éperdument la mer, il avait choisi cette carrière, malgré les prières des vieux parents. Il était allé dans l'Inde guerroyer contre l'Anglais. Engagée en qualité de chambrière par une nièce des Kervec, Fantik avait bientôt quitté elle aussi le pays, pour suivre sa maîtresse à Paris.

Très aiguë d'abord, la douleur de leur séparation s'était bientôt atténuée pour les deux amants. A ces âges, on oublie vite le regret pour ne se souvenir que des suavités de la tendresse. Ils avaient gardé, lointain, la mémoire naïve et exquise de leurs enivrements. Avec une fierté heureuse, elle se rappelait avoir été aimée par ce fils des seigneurs, si beau ; lui, de son orgueil de mâle chérissait le don de tout elle que lui avait fait la tant jolie. Tous deux, à des heures tristes, se reportaient vers la vision de leurs fantômes blonds câlinement enlacés dans les soirs de là bas...

Maintenant, s'acheminant vers la demeure de la Bleuette, ils évoquaient, silencieusement, ce passé.

Quelquefois Georges murmurait :

— Fantik !... Te souviens-tu, Fantik ?...

Elle lui répondait :

— Je me souviens... Il y a si longtemps, pourtant...

Ils sentaient en eux un émoi vague, très doux.

Ils arrivèrent à la maison de la Bleuette qui était dans la rue Neuve-des-Petits-Champs. Une maison de brillante apparence que la jeune femme occupait seule avec de nombreux domestiques. Le financier Mirojal, un de ces parvenus brusquement enrichis par la désorganisation de toutes les affaires, avait voulu pour sa maîtresse une installation magnifique. Sa fatuité d'une subite fortune et son amour pour la jolie blonde se plaisaient à cette significative extériorité.

L'intérieur de l'hôtel ne le cédait pas d'ailleurs à la façade. Les pièces spacieuses, bien lambrissées étaient meublées à profusion sinon avec art. Des babioles des deux derniers règnes, d'un grand prix, d'un goût de gracieuse frivolité, acquises dans les ventes des expatriés, abondaient partout. De ci de là faisaient tâche quelques-unes des ces froides peintures ou de ces baroques ornementations qui constituaient la pauvre esthétique de la Révolution.

La Bleuette fit entrer Georges dans un salon du premier étage. Elle appela une camériste et lui donna la consigne qu'elle n'était visible pour personne. Supposant qu'il s'agissait d'une aventure amoureuse avec le beau citoyen survenu, la suivante s'éloigna avec un sourire malicieux.

Pendant plusieurs minutes, assis l'un près de l'autre, les mains unies, les deux anciens amants demeurèrent muets, fondant leurs regards. Ils revoyaient l'antan dans leurs prunelles et cette reprise de leur intimité, après plus de six années, leur causait une joie très profonde et très pure. Ils se retrouvaient, en dépit de tant de changements, les deux enfants d'autrefois. Une confusion gagnait Fantik.

— Vous vous demandez sans doute, Monsieur le marquis, comment la fille de vos serviteurs est devenue celle que voici, et peut-être...

— Je me demande seulement pourquoi tu ne me nommes plus Georges, comme autrefois...

— Ah ! Monsieur Georges, il ne faudrait pas me prendre en dédain pour ce que j'ai fait...

Elle raconta sa vie depuis qu'elle avait suivi à Paris la nièce des Kervec.

Remarquée par un jeune officier du Royal-Anjou, qui fréquentait la maison, elle n'avait pu résister à l'"enjôlerie" de ce courtisan.

— Je ne l'aimais certes pas comme j'avais aimé
avant, mais on respire dans ce Paris un air de coquetterie qui fait perdre la tête... J'étais jeune, lé-
gère; l'officier avait un parler qui grisait... Ce fut
fini de l'honnête fille...

Quelques semaines elle avait vécu avec ce jeune
entreteneur, qui l'abandonnait sans ressources, en
rejoignant une garnison de frontière. Pauvre, compromise, démoralisée, elle n'avait pas voulu reprendre des besognes mercenaires non plus que retour-
ner en Bretagne. Elle s'était lancée dans la galanterie,
maîtresse tour à tour d'un vieux marquis libertin,
d'un philosophe-chartatan enrichi par la continua-
tion des occultismes de Cagliostro, d'un secrétaire
de l'ambassade autrichienne, etc. Enfin elle avait rencontré Mirojal.

Elle disait tout cela en rougissant continuellement,
épiant sur la figure du jeune marquis si elle ne le
blessait pas ou si elle n'excitait pas une commisération méprisante.

Sa délicatesse de femme craignait, par cette con-
fession, de faire souffrir l'ancien amant ou de nuire
au souvenir joli de leur tendresse. Pour montrer que
la jouventiné de naguère n'était pas abolie complètement en elle, elle mêlait à son aveu de nostalgiques
réminiscences vers la Bretagne, vers les grèves
battues du flot et les landes d'immensité morne.

— C'est ton époque, ma Fantik, qui a été coupable envers toi, prononça Georges avec une douce gravité. On
ne peut être responsable de ce que le temps vous fait.

Heureuse, la mignonne demanda :

— Mais vous-même, monsieur Georges, comment se fait-il que vous soyez à Paris ? Et sous cet accoutrement ?... Pourquoi ?... Seriez-vous en danger ?... dit-elle avec une inquiète sollicitude.

— En danger ?... je ne pense pas... l'entreprise qui m'a appelé ici impliquait le plus grand secret... J'ai pris un faux nom et des papiers en conséquence... Et sauf toi, nul ne saurait reconnaître sous cette défroque l'ancien petit de Kervec, suffisamment changé par l'âge et par six ans de séjour aux mers de l'Inde. Quant à la défroque, elle n'est pas, ma foi, qu'un déguisement... Parce que je me refusai à la félonie envers mon roi et mes princes, la jacobinaille a sequestré et vendu les biens de mes parents qui moururent voici deux ans... Je suis réduit à la portion congrue et le dandysme n'est guère compatible avec ma bourse... Bah ! je m'en moque et j'ai d'autres soucis en tête.

Pour satisfaire la curiosité de l'amie, Georges donna des détails sur sa récente existence.

— Vous m'avez parlé tout à l'heure d'une entreprise que vous aviez à Paris, interrompit la Bleuette. Est-ce pour cette entreprise que je pourrai vous être utile, selon ce que vous me disiez au Jardin Egalité ?...

— Oui.

— De quoi s'agit-il ?... De vous faire restituer ce qu'on vous a volé, de faire gracier un de vos amis, ou encore d'un complot ?... Quoi qu'il en soit, je suis vôtre.

— Même pour une conjuration où tu risquerais ta jolie chère tête de linotte ?... sourit le marquis.

— Si vous en êtes, parfaitement ! répliqua-t-elle avec une ferme crânerie armoricaine.

— Bravo, Fantik !... Tu es bien de Bretagne, toujours. Mais il n'est question nullement ni de complot ni de rien de ce que tu as présumé... Que les gredins s'engraissent à mon dam, peu me chault !... Qu'ils s'attaquent à moi, je les attends... Par ta situation tu peux mieux que protéger mes biens ou ma vie...

— Quoi donc ?...

— M'aider à sauver celle que j'aime, ma fiancée !

A ces mots, la jeune femme devint très pâle. Lorsqu'elle aima un homme et qu'elle fut aimée de lui, même après que leur union est finie, brisée par l'éloignement ou par la rupture, une femme ne peut apprendre sans émoi qu'une autre occupe le cœur où elle régna. La Bleuette, retrouvant Georges, savait bien que les ans écoulés, le changement de sa position interdisaient le recommencement de l'autrefois. Elle avait été aussi la maîtresse de bien d'autres, amoureuse de quelques-uns ; — et cependant, à la révélation de la nouvelle passion de M. de Kervec, elle sentait son cœur s'angoisser.

Le marquis entra dans des explications. Sa fiancée se nommait Mlle Yvonne de Rozquer, la fille du comte de Rozquer, voisin de la terre de Kervec...

Il l'avait connue à son retour de l'Inde. Elle avait seize ans. Séduit par sa grâce blonde, il lui avait fait la cour, avait été agréé d'elle et des parents. Il l'eût épousée tout de suite, mais les circonstances retardaient le mariage. Lui, il était en péril perpétuel dans ses expéditions auprès des chefs vendéens ou à l'étranger ; elle, très noblement, elle ne voulait pas quitter sa famille très exposée à cause du dévouement à la cause royale manifestée par un de ses frères dans les journées d'émeute de 1791.

Ce frère, Edmond de Rozquer, amoureux de la princesse de Lamballe, s'était incorporé dans un groupe de jeunes aristocrates résolus à arracher à la prison l'infortunée favorite. Ils avaient été trahis, arrêtés avant leur coup de main, incarcérés, et Edmond de Rozquer avec eux. Suspect depuis longtemps, il se trouvait plus menacé qu'aucun.

Précipitamment, les siens avaient quitté la Bretagne, étaient venus à Paris, pour intervenir. Mademoiselle Yvonne avait suivi.

Par un passe-droit infâme, sous prétexte de connivences possibles avec Edmond, taxé d'agent de Brunswick, les Rozquer avaient été enfermés dans les cachots. Yvonne était détenue à la Conciergerie.

— J'ai su cela en Bretagne, il y a dix jours, dit M. de Kervec. Je suis accouru. A tout prix, il faut que j'enlève ma chérie à ces misérables... La pauvrette doit mourir d'effroi sous les verrous. Et ces misérables assassins de la Commune, plus furieux contre l'innocence que contre le crime, seraient bien capables de la tuer, sinon pis... Je veux la leur reprendre.

L'effusion avec laquelle Georges parlait de sa fiancée faisait courir dans tout l'être de la Bleuette des frissons de douloureuse jalousie qu'elle contenait à grand'peine.

Elle avait envie de pleurer.

— Que comptez-vous faire ? dit-elle au marqnis.

— Ah ! je ne sais encore... Je suis fou !... Fou de colère, fou de désespoir... Je n'ai pas de relations à Paris... Chez un camarade qui m'abrite, le baron d'Erlanges, rue de Tournon, j'ai rencontré plusieurs jeunes royalistes décidés à un assaut contre la Conciergerie pour en faire sortir toutes les victimes de la clique à Égalité. Mais il faut du temps pour prendre des dispositions... Avant que nous puissions agir, que sera-t-il advenu ?... Et puis, réussirons-nous ?... Je ne veux pas attendre... Dussé-je mourir, je délivrerai Yvonne.

La Bleuette tremblait, près de sangloter. Il la vit et comprit quel supplice il infligeait à la pauvre fille. Il se pencha sur elle, l'embrassa au front et murmura :

— Pardon, ma Fantik... Voici que je te fais de la peine... Je suis si malheureux, si tu savais...

La tendresse de la voix, le déchirement de la plainte opérèrent un revirement dans le cœur de la courtisane. L'animosité qui s'amassait en elle contre le nouvel amour de Georges se dissipa. Elle fut pénétrée d'attendrissement, de cet attendrissement sublime qu'ont pour l'amour toutes celles qui furent amoureuses. Ce fut en elle une grande pitié, une grande douceur — et son angoisse en fut délicieusement soulagée.

— Tout ce en quoi je pourrai vous servir pour aller au secours de Mlle de Rozquer, je le ferai ! déclara-t-elle.

Le marquis apprécia l'immolation généreuse que lui faisait celle qu'il avait aimée.

— Oh ! merci, ma Fantik, tu es bonne, tu es une belle âme, merci ! répondit-il en lui baisant fervemment les mains.

— Quel sera mon rôle ?

— Ton protecteur, Mirojal, est notoirement l'ami des meneurs de toutes ces atrocités illégales qui sont commises. Son intervention, sollicitée par toi, obtiendrait aisément le relaxe d'Yvonne. Quelles charges pourraient exister contre cette enfant ?... Est-elle responsable des actes séditieux de son frère ?... Oh ! la tirer de cette Conciergerie où mon délire ne cesse de l'imaginer en proie à un chagrin qui la tue, où quelque jour, si je ne me hâte, elle subirait peut-être ces abominables traitements que la canaille en démence inaugura dans les prisons après le 10 août.

— Il faut faire attention. En ce moment de panique méfiante, toute démarche peut être dangereuse et provoquer ou pousser la perte de ceux qu'on veut sauver.

— Je m'en remets à toi, Fantik. Si tu ne peux obtenir un relaxe, il te sera peut-être facile, plus facile qu'à mes amis et à moi qui sont suspects, de combiner un plan d'évasion. Des patriotes de tes amis sont à même, mieux que nous, de s'entendre avec des geôliers... Au besoin, s'il faut un peu de violence, je suis là et mes camarades avec moi...

— Vous avez ma parole, monsieur Georges… Je la tiendrai… Mais encore, dans l'intérêt de la nécessité, est-il bon que vous m'accordiez quelque temps de réflexion… La moindre imprudence…

— Du temps !… toujours du temps !… Alors que chaque minute m'est un siècle de torture…

— Voyez-vous l'effervescent brouillon, le brise-tout qui n'a même pas quelques heures de patience !… sourit La Bleuette.

— Je patiente, dans l'impuissance, depuis mon arrivée à Paris !… Et quand nous aurons bien patienté, que se sera-t-il passé ?

Et avec cette inconscience des passionnés, il repartit de plus belle dans la proclamation de son amour. Mais Fantik ne s'en offusquait plus, résolue à la bonté.

— Dès après-demain je m'occuperai de cette affaire, monsieur Georges. Je dois assister à un grand souper donné par Ragonnet, le banquier, fournisseur de l'intendance des armées de la République. Je verrai là sans doute plusieurs des maîtres du jour. Quelques-uns sont de mes amis… Je les consulterai adroitement peur en avoir aide ou conseil… Et au besoin je m'arrangerai 'pour faire agir leurs maîtresses qui sont mes camarades… Aussitôt que j'aurai une bonne nouvelle ou un heureux espoir à vous communiquer, je vous préviendrai à l'adresse que vous m'avez donnée, rue de Tournon.

— Encore une fois, Fantik, merci, merci !… Sois bénie !… Tu m'as redonné de l'énergie.

L'heure avançait. La nuit était venue

Enfin le marquis se leva pour s'en aller.

— Au revoir, Fantik... Je remets entre tes mains ma félicité... Ne me fais pas trop attendre des nouvelles.

— J'agirai aussi vite qu'il sera possible, sans que ce vite puisse nuire à agir bien.

Georges prit la main de la jeune femme; il la garda dans les siennes avec une longue douceur et ensuite, se penchant, il mit au front tendu vers lui un baiser. Ce n'était point un baiser comme ceux de jadis, si ingénument fous, si vertigineusement passionnés; mais dans celui-ci encore il y avait tant d'affection que Fantik soupira, près de défaillir.

Elle reconduisit le gentilhomme jusqu'à la porte de la maison.

— A bientôt, dit-il en s'éloignant.

La nuit de ce début d'automne était froide et obscure. Le marquis marcha rapidement. Son cœur, son sang, s'exaltaient de joie. Il avait enfin un espoir; il avait un appui dans ce Paris d'immense solitude où il avait craint de ne jamais trouver d'aide. Sa chère Yvonne serait sauvée, lui serait rendue ! Et il devrait cela à Fantik, à la bien-aimée d'autrefois dont il voyait resurgir dans sa mémoire les images de jeunesse et de volupté. Distrait par ces pensées, il s'achemina vers la rue de Tournon, sans prendre garde qu'il était attentivement suivi par un individu de peu recommandable apparence.

Celui-ci, attaché à ses pas, l'accompagna jusque

devant la maison où le baron d'Erlanges abritait son ami.

Que voulait cet homme ?

Une heure plus tard, il quittait la rive gauche, — vilain personnage de nuit, à la mise sale et depenaillée — repassait le pont des Arts et poussait jusqu'au jardin Égalité. Là, il se dirigeait vers le fameux café du Caveau.

Le Caveau, situé dans la galerie nord du Palais-Royal, était fort célèbre et très fréquenté en ce temps-là. Dans les salles du sous-sol, fumeuses et basses, se réunissaient chaque soir pour des discussions bruyantes ou des conciliabules mystérieux, les grands hommes des partis avancés. Robespierre, Danton, Marat, Saint-Just, Barbaroux, d'autres encore, y venaient quelquefois. Camille Desmoulins, quelques mois auparavant, en 1790, avait été un client assidu.

L'espion malpropre, ayant pénétré dans la cour à la mode, inspecta d'un regard la salle, puis fit un signe à un homme épais et laid qui pérorait prétentieusement devant une table. Ce devait être un orateur influent, sinon talentueux, car ses paroles étaient recueillies par ses auditeurs avec une respectueuse déférence.

Le palabreur vit le signe et aussitôt, avec une vivacité qui étonna, vint rejoindre le nouveau venu.

Ils se parlèrent dans un coin.

— Eh bien ?

— J'ai exécuté la commission, citoyen Voujars. Je suis allé me poster dans la rue Neuve-des-Petits-

Champs, devant la maison de la citoyenne La Bleuette.
J'ai attendu...

— Longtemps ?

— Ma foi, oui...

— Pas de doute, c'est son amant! Continue...

— J'ai vu sortir le citoyen en question. Comme
vous me l'aviez recommandé, je ne l'ai pas quitté
d'une semelle.

— Tu sais qui il est ?

— Bien entendu. On connait son métier et son Paris, que diable ! J'ai pisté mon homme jusque dans
la rue de Tournon où il habite chez un ci-devant baron d'Erlanges, son ami. J'ai des camarades là-bas.
On a fait jacasser les voisins et j'ai appris que le dit
citoyen se nomme Georges de Kervec, un ci-devant
marquis.

— Un aristocrate ! C'est à merveille ! Ah ! ah ! La
Bleuette me paiera cher sa petite incartade. Et je
l'aurai, la fifi !...

— S'il s'agit d'une affaire à poigne, vous savez que
je suis là, tout à votre service, citoyen.

Voujars réfléchit. Son envie était grande de tirer
vengeance de l'outrage public que lui avait infligé La
Bleuette dans l'après-midi et il voulait aussi une revanche contre celui qu'il supposait l'amant de la fille
désirée et qui lui avait fait sentir, dans son intervention la force de sa poigne. Il voulait surtout placer La
Bleuette dans l'obligation de se donner à lui pour
sauver son galant. Les moyens de brutalité proposés
par son acolyte plaisaient à sa haine d'orgueilleux

humilié, mais ne servaient pas son projet libidineux.
En faisant tuer Georges, il ne tiendrait pas la courtisane a sa disposition.

— Merci de ton offre, citoyen Maublet, répondit-il
enfin. Mais la situation demande réflexion. J'y son-
gerai. Peut-être aurai-je besoin de toi. Reviens me
voir ici-même dans trois soirs. On causera. En attendant, prends ceci.

Il remit de l'argent à l'espion.

— A vos ordres, citoyen.

— Ne crains rien; le ci-devant marquis ne perd
rien pour attendre. Le gaillard saura qui est Voujars.

En prononçant ces mots, sa laideur s'injectait de
colère bilieuse.

III

Des nudités de gorges, d'épaules, de bras exaltaient la gloire de leur albâtre, sous les lumières. La
fierté magnifique et incarnadine des seins, librement
offerte, le galbe marmoral des épaules et des cous se
dégageaient hors des toilettes luxueuses en un triomphe de grâce libertine.

Tout ce que la Cythère parisienne du moment
comptait d'illustrations était venu ce soir-là dans les
salons de Ragonnet. Ce banquier, mêlé à toutes les
spéculations, à toutes les concussions, parvenu à une
insolente richesse après avoir débuté dans la vie

comme saute-ruisseau chez un tabellion, affectait les grandes façons et l'existence dissipée des ci-devant aristocrates. Les fêtes se succédaient en son hôtel de la rue Richelieu. Il y recevait les chefs révolutionnaires — les montagnards, maintenant, comme il y avait convié les girondins — et pour l'agrément de ces réunions il s'arrangeait à avoir les courtisanes notoires du moment. Politique et galanterie fusionnaient chez lui ; les complots s'y préparaient, parmi les intrigues de plaisir. Attirées par la réputation de générosité de Ragonnet, par l'espérance de séduire un de ces maîtres de l'heure qui passaient pour juponniers nonobstant leur « incorruptibilité » de façade, les hétaïres abondaient chez le citoyen financier.

Il y avait, ce soir-là, les plus huppées d'entre elles : La Chevalière, la Blonde Elancée, la Colombe, la Chevalier, fille du bourreau de Dijon, la Sultane, l'Orange, Fanchon, Dupuis, Thévenin, le chevalier Boulliotte, Papillon, Latierce, la mulâtresse Bersi, la Paysanne, etc.

Les deux plus célèbres beautés étaient également présentes : la Bacchante et la Vénus.

Leur souvenir, d'après des correspondances du temps, a été inscrit par les frères de Goncourt dans leur *Histoire de la Société française sous la Révolution.*

Dans la cohue des salons de Ragonnet, toutes ces filles riaient haut, rivalisaient d'insolence professionnelle et de coquetterie féminine.

Quelques-unes, qui avaient débuté dans la société des grands seigneurs du précédent régime, conservaient de ce temps la mignardise un peu artificielle et des façons sans trivialité, mais la plupart, récemment lancées, affectaient un sans-gêne républicain, criaillaient des gros mots, avaient des gestes orduriers.

Autour d'elles s'empressaient les maîtres du moment : les montagnards, dont la proéminence dans la prochaine assemblée ne faisait plus de doute pour personne.

Presque tous étaient là, et les chefs : Robespierre avec sa face anguleuse et froide, le britannisme impeccable de son habit bleu barbeau, la distinction poseuse de son silence ; — auprès de lui, son fidèle, Saint-Just, au port superbe, beau magnifiquement comme un jeune génie platonicien, au regard de douceur implacable.

Plus loin, Danton, masque léonin et farouche, embelli majestueusement par l'éclat intelligent de son regard ; — Marat, trogne hideuse, tourmentée, sans autre expression que d'une instinctivité née à toutes les satisfactions de brutalité et de crime.

Délaissant pour cette soirée le souci de leurs ambitions, de leurs brigues, de leurs complots, les politiciens n'étaient qu'à la joie de la fête galante.

Vers les dix heures, Fantik — la Bleuette — arriva avec Mirojal.

L'entrée de la Bretonne fit sensation.

Les hommes vantaient et désiraient sa beauté

blonde et rose ; les femmes enviaient ce charme et aussi la situation qui lui était créée par un financier aussi riche que Mirojal. Celui-ci, fort épris d'elle, contentait ses moindres caprices.

Habillée avec un goût qui s'entendait à corriger l'outrance de certaines indispensables fantaisies de la mode, Fantik était, ce soir là, en joliesse. Son teint se nuançait de toutes les délicatesses de l'incarnat ; sa blondeur brillait adorablement et ses yeux, ses grands yeux bleus emplis de la clarté et de l'azur des immensités marines, avaient un éclat de fleurs matinales, de gemmes incomparablement précieuses.

Elle causa quelque temps avec des citoyens qui venaient lui débiter des fadaises assez fréquemment mal tournées, avec des rivales qui la taquinèrent de méchancetés déguisées ou de traits faciles. Elle ne leur répondait, triomphalement, que de son beau rire de jeunesse et de séduction.

Fidèle à la parole donnée à Georges de Kervec, elle était impatiente de découvrir l'autorité auprès de qui solliciter la libération de Mlle Yvonne de Rozquer, la fiancée du marquis, enfermée à la Conciergerie.

Dans l'angle d'une pièce, elle aperçut Marat, Danton, Robespierre, Saint-Just, leurs amis de jacobinisme, qui formaient un groupe avec quelques hommes de banque et des officiers.

Leur assemblée devisait à voix basses.

Fantik réfléchit. Auquel des quatre chefs, tout-puissants de l'heure, s'adresserait-elle ?

Elle les connaissait tous quatre.

Robespierre, timide avec les femmes, cachant cette timidité sous une exagération de politesse et de prévenance, lui inspirait un sentiment de méfiance. Sa laideur compassée lui était également hostile. Quant à Danton et à Marat, elle redoutait leurs yeux de monstrueuse concupiscence qui brûlaient la nudité des bras et des gorges, dévêtaient le reste, imposaient à toute quémandeuse l'ordre de leur désir et de leur conquête.

Elle se décida pour Saint-Just. La beauté platonicienne du jeune homme exerçait sur les femmes un invincible prestige. Et comme derrière cette beauté, malgré la hautaineté inexorable du front et des yeux, elles devinaient la bonté, elles avaient foi en lui et lui livraient de préférence leurs prières avec un peu de leur tendresse. Comme beaucoup, Fantik subit cet ascendant du jeune député.

Elle l'épia et lorsqu'elle le vit s'écarter du groupe de ses amis qui se séparait, elle l'aborda.

— Citoyen Saint-Just, je voudrais te causer.

Il répondit :

— Citoyenne Aphrodite, et nulle mieux que toi ne mérite ce nom, en quoi puis-je t'être agréable ?

Le compliment était cordial, mais prononcé d'une voix vague et lointaine. Perdu dans son rêve d'humanité régénérée et de légalité idéale, Saint-Just était détaché des choses de la terre. Souvent il ne prenait pas attention des bonnes fortunes dont il était l'objet et dans tous les cas son élégance native méprisait les coups-de-cœur que lui exprimaient avec vulgarité des citoyennes éprises.

Cette opinion n'était d'ailleurs pas la sienne à l'égard de Fantik. Il l'avait rencontrée en maintes circonstances, lui avait parlé, et toujours avait éprouvé le charme discret et gentil qu'elle dégageait.

Mais sa distraction dans les au-delà de l'idéalogie le détournait avec quiconque de tout don-juanisme.

— J'ai un service à te demander, dit Fantik.

— Lequel ?

Afin de ne pas créer d'embarras en faisant intervenir la personnalité du marquis de Kervec qui pouvait être suspect, la jeune femme avait résolu de présenter sa requête directement, à titre d'obligée de la famille de Rozquer.

— Je souhaiterais, continua-t-elle, qu'on remit en liberté la demoiselle Yvonne de Rozquer, actuellement détenue à la Conciergerie.

— Une aristocrate ?... Qu'as-tu donc de commun, toi, la Bleuette, avec cette engeance ?

— Citoyen, les seigneurs de Rozquer furent bons pour les miens, jadis. Ai-je donc tort de vouloir leur rendre, s'il m'est possible, un peu du bien qu'ils firent à ma famille ? Et la reconnaissance est-elle effacée des vertus républicaines ?

La réplique avait été fièrement ripostée. Saint-Just qui avait mis toute sa haine démocratique dans son exclamation « d'aristocrate », fut touché par les mots magnanimes de l'interlocutrice. Dans ses yeux, ses grands beaux yeux de rêveur où il y avait l'indéfinissable tristesse qui marque les prunelles de ceux qui doivent mourir jeunes, un éclair d'admiration passa.

— C'est très bien, la Bleuette... Cependant, ce n'est pas sans motif que cette ci-devant est incarcérée. Qu'a-t-elle fait?

— Rien. Elle est seulement la sœur d'Edmond de Rozquer, également en prison...

— Je me souviens de lui, il a été pris avec une troupe de scélérats qui voulaient sauver la Lamballe.

— Il aimait cette femme.

— C'était un crime. Elle était une créature infâme. Du reste, le jeune aristo en question est impliqué également, selon ce qu'on m'a dit, dans plusieurs autres complots avec les émigrés et l'étranger pour attenter à la Constitution.

— Tout cela ne prouve rien contre sa sœur.

— Qui sait? Tout ce qui est noblesse est solidaire.

— Tu vas trop loin, citoyen. Penses-tu qu'une jeune fille ait d'autre préoccupation que de ses amourettes? Et celle-ci est si jouventine, si innocente. Ta constitution, Saint-Just, est-elle donc si faible qu'elle ait à redouter une pure enfant, incapable de mal, impuissante de tout?...

— La Constitution doit être inflexible.

— Doit-elle être inique? Alors, elle s'écroulera. Retenir une enfant qui n'a rien commis, qui ne peut nuire, sous prétexte qu'un des siens est coupable et dangereux, cela est injuste. Et si tu le niais, ce serait reconnaître que les apôtres de la liberté en sont les premiers assassins.

Le député et la courtisane, dès le début de l'entretien, étaient allés s'asseoir sur un sopha, dans l'angle d'un salon.

A la dernière phrase de Fantik, Saint-Just répondit :

— Les apôtres de la liberté sont exposés souvent à être des assassins, non pour la tuer, mais pour la défendre. Et c'est leur droit, car ils sont prêts aussi à en être les martyrs.

Puis, après un silence :

— La Bleuette, je suis pourtant sensible à ton intervention en faveur de cette ci-devant. S'il n'y a vraiment rien à sa charge, si sa libération ne doit pas être préjudiciable en quoi que ce soit aux événements, j'userai de mon crédit envers elle.

— Tu es un noble et bon cœur, Saint-Just.

— Viens avec moi. Il y a dans la fête un commissaire du gouvernement qui s'occupe des délits politiques des aristocrates. Nous allons le chercher. Il nous dira ce qu'il en est exactement. Qui sait si ta gratitude ne t'égare pas. Il faut se défier de sa bonté, La Bleuette. Je verrai ensuite ce que j'ai à faire.

Ils allèrent à travers la fête.

C'était l'orgie, l'orgie de l'ivresse et du rut, l'orgie éhontée des hommes déchaînés parmi les filles, telle que partout et toujours, dans tous les pays et dans tous les temps. Les courtisanes rivalisaient d'aguicheries, aiguisant jusqu'à l'obscénité leurs sourires, faisant d'une irrésistible tentation leurs décolletés de plus en plus audacieux. Une chaude touffeur de chair, combinée aux parfums en paroxysme des cinnames et des fleurs, emplissait l'atmosphère. Les mâles, les regards en feu, rôdaient autour des proies, avaient des rires stupides de concupiscence.

Enfin Saint-Just, accompagné de la Bleuette, découvrit celui qu'il cherchait : Marcus Bancard, le commissaire. Un petit vieil homme secot, à l'allure d'ancien robin de basse classe, à mine chafouine de bureaucrate. Il l'appela.

— Citoyen Bancard, verrais-tu quelque inconvénient à ce qu'on relâche une certaine Yvonne de Rozquer qui est à la Conciergerie comme suspecte...

— Comme suspecte de complicité avec son frère, continua Marcus. Oui, je suis au courant... Ah ! bigre, oui, que j'y vois un inconvénient, surtout depuis hier.

— Pourquoi donc ? intervint la Bleuette avec vivacité.

— Parce que depuis hier il y a du nouveau, répondit l'autre.

— Du nouveau ?

— Et qui n'est pas de la gnognotte, ma belle... Le frère de la ci-devant s'est évadé hier. On ne l'a pas repris, mais nous savons de bonne source qu'il s'est éclipsé pour passer en Angleterre et s'y entendre avec les princes au sujet d'un complot dont il est l'âme. De ces complots nous connaissons le but : faire sortir le roi du Temple, rétablir le despotisme !

— Les traîtres ! fulmina Saint-Just.

— Dans ces conditions, et pour tenir un peu en bride l'aristo, il est bon de garder ses parents comme otages. Ça lui donnera à réfléchir. S'il va trop loin, la famille paiera.

— Mais sa sœur est innocente ! dit la Bleuette.

— Tant pis ! fit Saint-Just.

— S'en prendre à une enfant, la garder comme otage lorsqu'elle n'a aucune responsabilité, c'est lâche !

— Non ! répliqua le jeune tribun avec une ardeur farouche. Parce qu'elles sont nécessaires, ces mesures sont bonnes. Tout est juste, quand il s'agit de s'opposer aux menées liberticides. Est-ce que la liberté n'est pas notre mère à tous, la mère la plus sacrée ? Est-ce que ces misérables hésitent à la vouloir égorger ? Est-ce que ce crime n'est pas le plus odieux ? Et pour le prévenir ou pour le punir, est-ce que les vrais fils de la Grande Mère doivent avoir considération ni merci ?... Les otages ?... on a raison de les garder... Il le faut !... Les crimes ont besoin de sanction. Si on ne peut pas châtier directement ceux qui furent coupables, on a le droit de les punir pourtant en faisant payer ceux qui leur sont chers. C'est l'équité terrible des grandes luttes.

Saint-Just parlait avec véhémence. L'implacable douceur de ses yeux lançait maintenant des éclairs.

La Bleuette l'écoutait avec désolation.

— On ne peut donc pas espérer.

— Rien ! trancha Saint-Just. Le frère de cette jeune fille est actuellement un danger pour la Patrie.

Elle nous est sa caution. Tant pis pour elle ! Si ce Rozquer nous fait du mal, c'est sur elle que nous nous vengerons. Elle restera dans tous les cas en prison jusqu'à ce que nous ayons repris son frère.

— Mais...

— J'ai dit ! Adieu, citoyenne.

Et Saint-Just, glacial, impitoyable, s'éloigna avec Marcus Bancard.

La Bleuette était infiniment triste.

Elle qui avait donné tant d'espoir à Georges, qui lui avait presque promis de lui rendre son aimée, quelle douleur n'infligerait-elle pas au jeune marquis en lui apprenant la situation où se trouvait son Yvonne, plus en péril que jamais après la disparition de ce brouillon de frère !

IV

Dès le lendemain matin, la Bleuette faisait porter par un commissionnaire ce mot à la rue de Tournon où logeait le marquis Georges de Kervec.

« J'ai à vous parler. Venez chez moi cet après-midi vers quatre heures. Fantik ».

Le marquis fut exact au rendez-vous.

Tout de suite, en arrivant auprès de Fantik, il s'écria :

— Ce sont de mauvaises nouvelles que tu as à me communiquer, n'est-ce pas ? Oh ! je l'ai deviné... Tu as assez compris combien j'aime mon Yvonne... Si tu avais eu à me faire part de quelque bonheur ou de quelque bon espoir, tu me l'aurais écrit dans ton billet...

— De grâce, monsieur Georges, ne vous frappez pas... Rien n'est perdu... Il ne faut pas vous exagérer...

— Que s'est-il passé ? On ne veut pas la libérer ?..

— C'est impossible en ce moment.

— Pourquoi ?

Elle l'informa — toutefois sans lui répéter les menaçantes phrases de Saint-Just — de l'évasion d'Edmond de Rozquer.

— Comme on se doute qu'il a dû passer chez les émigrés, continua-t-elle, on garde sa sœur comme otage.

— Les gredins ! les gredins ! s'emportait Georges.

— Cela ne saurait néanmoins avoir aucune gravité pour cette demoiselle. Elle est innocente et à n'être retenue que comme caution, son risque n'est pas grand.

— Mais on la retient. Et la pauvre petite doit endurer un affreux martyre d'angoisse et de désespoir ! Elle est si ignorante de la vie, si faible !... Ah ! tant pis ! puisqu'il n'y a pas d'autre moyen, je reviens à mon idée de la délivrer par la violence, de me ruer sur cette prison, d'en forcer les portes avec des amis.

Il s'exalta sur ce projet. Fantik eut toutes les peines du monde à lui en montrer l'impossibilité et l'inanité.

— Vous vous ferez tuer, monsieur Georges.

— Que m'importe ? Ce sera pour elle.

— Et si vous échouez, si on vient à connaître votre plan, vous attirerez plus de rigueurs sur Mlle de Rozquer.

Cette pensée calma le bouillant marquis. Oh ! s'il allait imprudemment augmenter la souffrance de la chérie !...

— Quelle torture ! soupira-t-il désolément.

— Il faut prendre patience...

— Encore !... toujours !... J'en suis incapable.

— Cependant c'est ce qu'il y a de préférable... Peut-être une détente des esprits est-elle proche... Alors il sera plus aisé d'obtenir la liberté de Mlle Yvonne.

— Mais pendant tout ce temps, elle sera loin de moi ! Je ne la verrai pas ! Je ne pourrai pas la voir ! gémit Georges éclatant en sanglots.

Il eut une crise pathétique. Lui que son royalisme profond obligeait à admirer Edmond de Rozquer puisqu'il s'était rendu libre pour reprendre le service du monarque déchu, il lança de furieuses apostrophes à l'adresse du jeune gentilhomme parce que sa disparition entraînait le malheur d'Yvonne et le sien.

— N'a-t-il pas fait son devoir ? intervint Fantik.

— Mon devoir, à moi, est de m'en fâcher !

Après quoi, ressaisi par la consternation d'imaginer l'aimée dans un cachot, loin de lui, il pleura encore, appuyant enfantinement sa tête à l'épaule de

Fantik, cherchant contre elle la douce consolation féminine, en toute ingénuité. Et elle, émue de cette compassion des femmes pour la douleur sentimentale, elle lui prodiguait des mots berceurs, bien tendrement, elle lui parlait d'Yvonne, sachant bien que cette pensée, malgré la détresse qu'il en avait, était encore la plus lénéfiante à son pauvre cœur supplicié.

Après que ses larmes eurent coulé longtemps, Georges de Kervec se récupéra un peu.

Quelques mots de Fantik lui rendirent de l'espoir.

— Je vous le répète, monsieur Georges... Une détente des esprits est prochaine. On relâchera les prisonniers et je vous promets de m'employer à ce que votre fiancée soit des premières à sortir des geôles...

— Et enfin, poursuivit le marquis, le temps est proche peut-être où la noblesse, coalisée contre la canaille, remettra Sa Majesté sur le trône de ses pères. De tout ceci, il ne restera alors que le souvenir d'un hideux cauchemar...

— Oui, peut-être... Espérez, dit Fantik.

— A ce sujet, j'ai un service à te demander.

— A vos ordres toujours, monsieur Georges.

— Il est d'une nature assez spéciale... Il peut y avoir du danger pour toi... Si tu le penses ainsi, dis-le moi. Dans ce cas, je ne voudrais pas t'exposer et nous n'en parlerons plus.

— De quoi s'agit-il ?

— Quelques jeunes gens de famille, dont je suis,

et qui se réunissent chez mon hôte le baron d'Erlanges, ont conclu un pacte pour secourir le roi, le
sortir de prison et le rétablir dans toute sa puissance. Nous sommes en relations avec divers groupes, à Paris, en France ou à l'étranger, poursuivant
le même objet... Nous sommes affiliés aux chefs qui
tentent un mouvement de diversion en Vendée et en
Bretagne, ainsi qu'avec les compagnons d'exil des
Princes, frères de Sa Majesté.

— Je ne vois pas...

— M'y voici... Toutes ces menées impliquent des
correspondances, des paperasses. Elles sont déposées
chez d'Erlanges. Mais depuis quelques jours, nous
nous méfions. Nous sommes sur le qui-vive sans
cesse et nous avons remarqué les allées et venues,
autour de notre maison, de quelques insolites et fort
louches personnages...

— Grand Dieu ! s'écria Fantik, effrayée.

— Cet espionnage nous laisse parfaitement indif-
férents pour nous-mêmes. Mais il y a les papiers, les
sacrés papiers, qui, s'ils étaient saisis, compromettraient tous les autres groupes et donneraient l'éveil
aux Jacobins. Nous voudrions donc les mettre à
l'abri.

— Et vous avez pensé ?...

— Qu'une loyale fille de Bretagne comme toi, hors
de toute suspicion de par sa situation auprès d'un
financier républicain, consentirait à les cacher chez
elle pour aider à une œuvre haute et sainte. Cependant, je te le redis, si tu estimes que cela puisse te

nuire en quoi que ce soit, c'est moi qui exigerai que
tu nous refuses ce concours.

— Une question, monsieur Georges ? Est-ce que,
si ces papiers venaient à être pris, vous seriez en
quelque péril ?

— Certes, c'est fort probable.

— Alors, quand vous le voudrez, vous pourrez les
apporter ici. Je les cacherai de mon mieux et j'ose
vous garantir qu'ils seront en sûreté.

— Tu as bien réfléchi, Fantik ?

— Ne disiez-vous pas vous-même tout à l'heure
que mes attaches aux républicains me préservent de
perquisitions domiciliaires ? c'est très vrai.

— Ah ! Fantik, comment te remercier assez ?

— Quand apporterez-vous ces papiers ?

— Mais tout de suite !

— Comment ?

— Fantik, j'escomptais ton acceptation. Tu n'es
pas de Bretagne pour rien et quelque chose qui tou-
che au salut du roi et de la reine devait t'émouvoir...
J'ai amené avec moi le baron d'Erlanges qui a les
paperasses dans un coffret. Il m'attend sur la chaus-
sée. Je vais le chercher, veux-tu ?

— Allez !

Quelques minutes plus tard, le marquis de Kervec,
introduisait auprès de Fantik le baron d'Erlanges.

Celui-ci était un tout jeune homme, de vingt ans à
peine. Cette extrême jeunesse était accentuée par la
puérilité conservée dans le corps qui était petit,
mignon et dans la physionomie poupine et fraîche.

D'une élégance sobre, le baron était joli, d'une joliesse de jeune fille, avec sa figure rose et imberbe, ses lèvres carminées, ses yeux noirs, de candeur velourée. Il avait été élevé à la cour, chérubin adulé des marquisettes de Trianon, et ses façons en conservaient, comme tout lui, la distinction coquette.

— Mademoiselle, dit-il à Fantik, en la saluant, mon ami Kervec m'a beaucoup parlé de vous et souvent. Il vient de me dire que vous agréez de nous être un précieux auxiliaire. Je vous en remercie.

Il lui présenta un coffret qu'il dérobait sous son léger manteau.

— Ci-dedans, il y a des grimoires pour lesquels nous redoutons la curiosité d'aucuns manants à Maximilien qui rôdent autour de nous, ces jours-ci. Je vous les remets, assuré qu'ils ne pourraient être en mains plus loyales ni plus jolies.

— Vous pouvez compter sur moi, Monsieur, répondit Fantik en prenant le coffret qu'elle alla placer dans un meuble dont elle retira la clef.

La conversation aborda quelques faits des temps récents. Le petit baron en devisa avec légèreté et esprit. La Révolution ne l'épouvantait pas. Les chiquenaudes de ses fines mains narguaient la fureur populaire. Il eut pour Fantik, que ses yeux fripons fixaient en souriant, maint madrigal qui attestait l'éducation d'un abbé savant et libertin — sans jamais se départir d'une respectueuse politesse.

Georges de Kervec ramena la causerie à son souci personnel, à Yvonne de Rozquer.

— Rien n'est perdu, voyons, lui dit Fantik. Je suis toujours là... Je n'ai pu rien faire moi-même, mais j'ai des amies qui sont du dernier bien avec nos plus illustres sans-culotte. Je les verrai. Par elles nous sortirons d'embarras.

— C'est certain, galantisa le baron. Ces faquins ont beau proscrire les royautés... Il en est une qu'ils subiront et honoreront toujours, celle d'une adorable beauté comme la vôtre, Mademoiselle.

— Vous êtes un flatteur, Monsieur le baron, dit Fantik.

Et, parlant à Georges :

— Je m'occuperai aussi pour que vous puissiez avoir des nouvelles de Mlle de Rozquer, et, s'il n'y a pas trop de difficultés, communiquer avec elle...

— Fantik, tu es un ange ?

— Je suis pleinement de cet avis, s'inclina M. d'Er-langes.

Bientôt, et après quelques badinages encore alimentés par le spirituel baron, les deux jeunes hommes s'éloignèrent.

— Pauvre Georges ! soupira Fantik.

Elle se rappelait les paroles terribles de Saint-Just, qu'elle s'était bien gardée de rapporter au marquis. Et elle songeait à tous ces bruits entendus dans les milieux républicains au sujet des hécatombes d'otages méditées par certains.

Ensuite sa pensée dévia vers M. d'Erlanges.

— Qu'il est mignon ! murmura-t-elle.

Peut-être objectera-t-on ici l'étrangeté de cette

exclamation, après une première entrevue, de la part de cette jeune femme qui venait de retrouver celui qui lui avait été si cher.

Mais n'est-il pas prouvé que les cœurs les plus ouverts à l'amour sont ceux qui se souviennent d'un amour passé, autant que cette mémoire, par renoncement, ne s'aigrit pas de jalousie. Se rappeler un amour fini, qu'on abdiqua, c'est se préparer à un nouvel amour.

Fantik, après les années écoulées, avait revu un Georges qui aimait une autre femme. Elle n'en avait pas eu de colère. Ah ! si Georges eût été prêt à l'aimer encore, avec quelle fougue elle se serait redonnée à lui ! Mais le sort n'était pas tel et elle l'acceptait, résignée. Dans ces conditions, l'attendrissement résulté de sa rencontre avec l'adoré d'autrefois ne faisait que l'alanguir pour la passion qui s'offrirait.

Longuement, elle reconstitua la figure rose, les yeux veloutés, la personne exquise du petit baron de Trianon.

Elle se sentait heureuse d'avoir avec lui la connivence secrète de ce coffret déposé chez elle. Grâce à cette circonstance, elle le reverrait sans doute.

Elle s'attarda à ces rêveries vagues, dans le soir.

C'était très doux.

V

Le citoyen Voujars avait réfléchi.

Il tenait sa vengeance. Cette Bleuette, tant désirée de son appétit grossier, qui l'avait livré aux rires dans le Jardin Egalité, cet aristocrate, son amant, qui avait achevé de le rendre ridicule en lui faisant sentir la vigueur de sa poigne, ils allaient donc savoir tous deux, qui il était, lui, Voujars, citoyen et exécuteur de basses œuvres révolutionnaires.

Dans ses longues stations au Caveau, au café Godet, dans toutes les tavernes où il allait demander aux boissons la consolation de ses déboires amoureux, l'abject et hideux personnage avait dressé son plan.

Il avait à sa disposition une bande de ces espions comme Maublet que nous avons présenté. Il les avait dépêchés autour de la maison du baron d'Erlanges, rue de Tournon. C'était eux que les jeunes aristocrates avaient aperçus et éventés.

Les émissaires avaient annoncé à Voujars que bon nombre de jeunes gens, des aristocrates certainement, venaient chez le baron et y tenaient des conciliabules. D'où il avait conclu que quelque complot devait se tramer là. A pareille époque, une assemblée de ci-devants était explicite à cet égard.

Il avait fait une dénonciation à la Commune, sollicitant pleins pouvoirs pour surveiller et arrêter, si besoin était, les ennemis de la constitution. On les lui avait accordés.

Donc, un soir, vers dix heures, une semaine après l'entrevue rapportée au précédent chapitre, Voujars, nanti de ses feuilles de sommation, escorté d'une trentaine de malandrins à sa dévotion, épiait ce qui se passait dans la rue de Tournon. Une quinzaine de personnes avaient pénétré chez d'Erlanges.

— Nous allons les prendre comme dans une souricière, grogna Voujars à l'oreille de Maublet qui l'accompagnait. Parbleu ! je crois que ce sera une bonne opération... M'est avis que nous allons trouver là des papiers d'importance sur leur complot et sur quelques autres... Et nous dénicherons aussi quelque beau merle d'aristo recherché par la police, se cachant en cette tanière... Ah ! ah ! sans compter un beau freluquet à qui j'ai une dent... Il en sentira la morsure, celui-là.

— A mort, les aristos ! à la lanterne ! approuva Maublet avec une stupide servilité de brute.

Pour lui, Voujars puissant aux clubs et souvent investi de pouvoirs discrétionnaires de la Commune, s'érigeait en divinité.

A la demie de dix heures, jugeant venu le bon moment, Voujars se dirigea vers la maison de M. d'Erlanges, suivi de ses acolytes. Il heurta violemment à la porte.

— Ouvrez au nom de la loi !

Pas de réponse.

Au nombre d'une quinzaine, réunis dans un salon du premier étage, les amis du baron délibéraient.

Une perquisition ne risquant pas d'amener la découverte compromettante de papiers, puisqu'ils avaient été secrètement déposés chez Fantik, ils auraient pu ouvrir la porte. Aucun d'eux n'était désigné au tribunal révolutionnaire. Leur allégation d'être ensemble pour simplement jouer et boire n'aurait pu être contestée.

Mais il se trouvait que ce soir là ils avaient avec eux le vieux comte de Ferronnet, une des âmes de la sédition royaliste. Agé de près de quatre vingts ans, de corps presque impotent mais d'âme toujours vive, audacieuse et vibrante, le comte, menacé de la guillotine s'il était appréhendé, avait demandé asile à M. d'Erlanges. Il habitait chez lui une chambre d'où il ne sortait jamais, cloué d'ailleurs à son fauteuil par la paralysie.

De là, il surveillait, dirigeait ses jeunes collaborateurs que leur expérience eût aventurés à des imprudences ; il tenait tous les fils des divers complots, ourdis en deça ou au delà des frontières pour délivrer le roi et le restaurer dans sa puissance. Attaché jadis au ministère de M. de Choiseul, il avait de rares facultés d'organisation : son enthousiasme se subordonnait à la tactique.

— Nous sommes trahis ! s'écrièrent quelques jeunes gentilshommes en entendant la sommation de Voujars.

Celui-ci, à travers la porte, réitéra :

— Ouvrez, au nom de la loi !

Les aristocrates se consultaient du regard.

— Nous ne devons pas ouvrir, dit M. d'Erlanges. Vous savez, Messieurs, qu'il y a un décret de prise de corps contre notre chef M. de Ferronnet.

Dénoncé depuis longtemps aux comités révolutionnaires pour son œuvre de relèvement royaliste,

le vieillard se trouvait sous mandat d'arrestation.
Les charges accablantes recueillies contre lui ne per-
mettaient aucune illusion sur son sort dans le cas où
on mettrait la main sur lui.

Courageusement, il prenait son parti.

— Qu'importe ? dit-il à ses amis, qu'importe moi ?...
A mon âge que peut me faire la mort, maintenant
surtout que j'ai terminé ma besogne ? Ne vous expo-
sez pas, Messieurs. Vous avez le moyen de fuir par la
petite issue secrète qui donne sur le Luxembourg.
Allez. Vos jeunes bras sont nécessaires à l'exécution
du plan que j'ai tracé. On n'a plus besoin de moi...
Allez...

On entendait au dehors la voix furieuse de Voujars
qui donnait déjà des ordres pour l'assaut de la maison.

— Jamais ! répondit M. d'Erlanges à M. de Ferronnet, jamais nous ne consentirons à vous abandonner,
Monsieur. Sans le général qui les conçut, les stra-
tégies échouent ; sans vous, notre tentative serait
trop compromise. Nous prétendons vous défendre
jusqu'au bout et vous sauver.

— Je ne puis bouger. Ces canailles, si vous résis-
tez, appelleront du renfort. Vous succomberez. Dès
lors, à quoi bon votre inutile vaillance ? Laissez-moi
seul ici, Messieurs, pour recevoir ces espèces et
donnez-moi deux pistolets afin que j'aie la satisfaction de casser une ou deux têtes.

— Jamais ! jamais ! s'entêtèrent les jeunes gens.

— Voici ce qu'il faut faire, dit M. d'Erlanges. Nous

sommes quinze. Trois de nous porteront M. de Ferronnet sur leurs bras et passeront par l'issue secrète ouvrant sur le Luxembourg. Trois autres les accompagneront pour parer à toute éventualité. Les neuf autres, ici, nous brûlerons de la poudre pour détourner l'attention et donner le temps de la manœuvre. Nous lutterons jusqu'à ce que nous sachions M. de Ferronnet hors d'atteinte. Il y a des voitures dans la rue de Condé. Avec un suffisant équipage, M. de Ferronnet pourra en quelques minutes être à l'abri chez un de nos amis. Entendu?

— Agissons! répliquèrent des voix.

Les créatures de Voujars commençaient à attaquer à coups de hâche la porte d'entrée et les volets du rez-de-chaussée. Tandis que, selon la résolution, on emportait M. de Ferronnet.

— Trois robustes gaillards le soulevaient sur leurs épaules, les autres aristocrates, aux fenêtres du premier étage, faisaient feu de leurs pistolets sur les assaillants.

— En avant! en avant! vociférait Voujars lequel, du reste, d'un naturel prudent, s'était réfugié sous l'auvent d'une maison voisine.

On entendit des hurlements de blessés.

Les républicains ripostèrent.

Parmi les assiégés demeurés autour du baron d'Erlanges (tous supposaient, à faux d'ailleurs, que cette attaque n'avait pour objet que la capture de M. de Ferronnet) était le marquis Georges de Kervec.

Pendant dix minutes, de part et d'autre, la bataille fut acharnée. A coups de fusil, les séides de Voujars protégeaient ceux qui enfonçaient la porte.

— Nous pouvons nous éclipser, M. Ferronnet est sauvé maintenant, dit le baron. Partons.

Tous se disposaient à gagner la sortie furtive, lorsque Georges, ayant encore une balle à tirer, se pencha à une fenêtre, témérairement, pour viser un ennemi. Son pistolet partit, mais dans le même instant, il chancelait, frappé d'une balle dans le cou.

— Le malheureux ! s'écria M. d'Erlanges en le recueillant dans ses bras.

— Mais il vit ! il faut l'arracher d'ici ! dirent quelques autres. Comment faire ?

La douleur avait fait s'évanouir Georges. Le sang coulait sur son visage et sur sa poitrine.

En perdant connaissance, il avait murmuré :

— Vive le roi ! Yvonne !... Yvonne !..

— Que deux de vous le portent, commanda M. d'Erlanges. J'ai une retraite où on le soignera. En route !

Précipitamment, deux amis enlevaient Georges. La troupe fila, par une cour intérieure, vers la porte clandestine sur le Luxembourg. Ne soupçonnant rien, occupés exclusivement à leur suprême effort de ruée contre la façade de la rue de Tournon, les révolutionnaires ne s'aperçurent pas de l'évasion. Les alentours de l'issue secrète étaient déserts.

— Egaillez-vous vivement, dit M. d'Erlanges. Venez seuls avec moi, ajouta-t-il, en parlant aux deux compagnons qui portaient Georges de Kervec.

Les gentilshommes se répandirent dans les voies environnantes.

Le groupe du baron, par les ruelles solitaires, s'achemina vers le boulevard Saint-Michel. Là, apercevant un coupé, M. d'Erlanges fit hisser Georges, toujours en pamoison. Il monta auprès de lui, dit au revoir aux deux autres.

— A la butte Montmartre ! Je vous guiderai quand nous y serons, ordonna-t-il au cocher.

Trois minutes à peine après le départ des gentilshommes et comme la fin de leur résistance facilitait l'assaut, la horde jacobine, à grands cris, investissait la maison.

— A mort les aristos ! à mort !

Des détonations éclataient.

— Mais où sont-ils donc ?

— Esbignés, nom de Dieu !

— Par où ?

— Ah ? les sacripants !

Et à travers toutes les pièces, défonçant les meubles, brisant les glaces, lacérant les tentures, les exécuteurs du bon plaisir républicain cherchaient en vain de possibles cachettes.

Toujours circonspect, Voujars avait attendu, pour entrer, que la place eût dûment capitulé.

Il vint quand il espéra qu'il n'y aurait plus aucun horion à recevoir. On lui annonça la disparition des ennemis.

— Tonnerre ! s'époumonna-t-il. En voilà du propre ! Tout de même il doit en rester quelques-uns. Qu'est

devenu par exemple le beau muguet qui a été blessé
à la fenêtre ?

Sous son auvent le ténébreux et lâche personnage
qui avait poursuivi, ce soir, son ignoble vengeance,
n'avait pas manqué de reconnaître le marquis quand
celui-ci avait été frappé. Une joie misérable l'avait
fait tressaillir. Ah ! il était bien vengé de lui et de la
Bleuette.

Des flaques de sang sur le parquet d'une pièce le
confirmèrent toutefois dans la certitude que Georges
de Kervec avait été touché, et sérieusement.

— Dans tous les cas, il a son compte, se consola-t-
il ; et s'il a échappé au couperet, ce n'a été que pour
aller mourir en quelque trou. J'avais bien dit au freluquet que je le retrouverais et qu'il aurait de mes
nouvelles.

De n'avoir pu surprendre une conjuration, Voujars
se moquait parfaitement. Il n'était pas venu là pour
ça et son zèle jacobin ne passait qu'après son amour-
propre de monstre éconduit et ridiculisé.

Il s'en alla, souriant, livrant la maison, sous prétexte d'enquête, au pillage de ses garnements.

...Le lendemain, dans l'après-midi, Voujars se ren-
dait chez la Chevalier, une illustre courtisane. C'était
le complément de sa revanche. Il savait qu'il rencon-
trerait là La Bleuette. Sans doute celle-ci n'était-elle
pas prévenue encore de ce qui était arrivé à son
amant. Il voulait être le premier à lui en donner la
nouvelle.

La Chevalier, très richement entretenue, avait son

jour de réception où elle traitait quelques sommités politiques (il y en avait partout à ce moment-là) mais surtout un grand nombre de ses amies de la galanterie et la plupart des cabotins et cabotines.

Voujars, qu'elle admettait pour son vague prestige policier, arriva comme la réunion était en train d'ardemment discuter sur une de ces pompeuses compositions romaines de Marie-Joseph Chénier.

— Il a bien plus de talent que son frère, un petit rimailleur lyrique, s'accordait-on à dire.

André Chénier fut tant méconnu de son vivant !

Des son apparition, après avoir inspecté l'assemblée et louché vilainement vers quelques belles épaules offertes à l'admiration des hommes, Voujars chercha la Bleuette. Il l'aperçut, assise au milieu d'un groupe, s'approcha d'elle et, se penchant vers sa nuque à un instant où l'attention de ses voisins se détournait pour des politesses à une nouvelle venue :

— Vous ici, citoyenne ? murmura-t-il.

La Bleuette eut un sursaut à l'aspect du laid individu.

— Pourquoi n'y serais-je pas ? se rebiffa-t-elle.

— Je vous croyais dans la consternation et dans les larmes.

— A quel sujet donc, citoyen ?

— Damé ! lorsqu'il est arrivé malheur à un être cher...

— De qui parlez-vous ? s'inquiéta-t-elle, émue du rictus sardonique de l'interlocuteur.

— Fi ! vous me comprenez bien et vous n'ignorez

pas qu'il est question du chevalier qui me fit une certaine algarade en votre honneur au Jardin-Égalité.

— Georges ! laissa-t-elle échapper.

— Cette nuit, il y a eu une descente domiciliaire chez son hôte, le baron d'Erlanges. Une bataille s'en est suivie, car ces messieurs ne trouvaient par le procédé à leur convenance. Votre ami a été grièvement blessé d'un coup de feu...

— Lui, blessé ! soupira la Bleuette, devenant livide.

— Il a disparu... Ses camarades ont dû l'emporter. Mais il ne saurait faire de vieux os là où il est.

— Je gage que vous étiez pour quelque chose dans cela, misérable ! Mais c'est vrai !... J'y suis... Vous vous vengiez de lui !

— Moi? se défendit-il à peine, plissant ironiquement sa hideuse physionomie.

— Je vous exécre ! je vous hais !

— Au moins de la sorte ne vous suis-je pas indifférent. C'est toujours quelque chose.

— Vous êtes puissant dans l'ombre. Mais je vous démasquerai, vous verrez, et j'aurai aussi ma vengeance.

Elle se leva.

— Otez-vous de mon côté, gredin, et tout de suite, ou je vous crache à la figure, menaça-t-elle.

Voujars s'esquiva.

Très pâle, la Bleuette prit congé de l'assistance, alléguant un malaise soudain. Elle voulait être seule pour pleurer.

— Mon pauvre Georges ! mon pauvre Georges ! sanglota-t-elle, lorsqu'elle fut dans sa voiture. Il est mort, peut-être ! Je ne le verrai plus !

Toute sa tendresse pour le premier amant d'autrefois saignait martyriquement, bien que cet amour fût fini.

VI

Le soir même cependant, vers les onze heures, elle eut des nouvelles du marquis de Kervec.

Elle avait congédié Mirojal, trop mélancolique pour supporter sa compagnie. Elle se disposait à se coucher, agitant de funèbres pensées. Une idée surtout la torturait : qu'elle eût été la cause, certes bien innocente, du malheur survenu. C'était la jalousie de cet affreux Voujars, elle le sentait bien, qui avait tout concerté, tout mené, tout accompli. Où pouvait être Georges, maintenant ? Elle se le représentait, cadavre sanglant, sur quelque lit de hasard.

Comme elle allait congédier sa camériste et s'enfermer dans sa chambre, on vint lui dire qu'un homme, qui ne voulait pas donner son nom, désirait lui parler.

— Bretagne ! C'est le mot de convention qu'il m'a chargé de répéter à la citoyenne, ajouta la servante.

— Bien ! faites entrer au salon, ordonna Fantik.

Elle comprenait bien qu'il s'agissait de Georges.

Mais qui avait-il pu envoyer ?

N'était-ce pas là, peut-être, un piège de Voujars ?

Au salon, elle se trouva en présence d'un personnage bizarrement accoutré : les traits, ombrés d'un immense chapeau de fort de la Halle, disparaissaient sous une épaisse barbe noire ; la mise était loqueteuse et dépenaillée.

L'inconnu s'inclina, puis éclata de rire :

— Je suis sûr, Mademoiselle, que vous ne me reconnaissez pas ? Avouez-le...

— En effet, je ne...

D'un coup de main, le messager de Georges faisait sauter sa barbe et une perruque sale qu'il portait. Et Fantik reconnaissait M. d'Erlanges.

— Pardonnez-moi de me présenter à vous en cet accoutrement. Il est nécessaire après la petite échauffourée dont mon domicile fut le théâtre, la nuit passée. La jacobinaille doit me chercher partout. Bah ! je la défie bien... J'ai appris à Trianon l'art de me déguiser et de me grimer. J'y réussis assez bien, vous le constatez... Je me réserve de dépister la séquelle à Robespierre sous les aspects les plus divers et les plus invraisemblables. J'aime la rue et ne m'en priverai pas

— Mais Georges ? interrompit Fantik.

— Il vit !

— Ah ! quel bonheur !

— Pourtant le médecin n'ose encore répondre de rien.

Le baron rapporta alors dans quelles circonstances M. de Kervec, à cause de sa trop vaillante témérité, avait été atteint. Il expliqua encore comment il l'avait emporté dans la nuit et emmené jusque dans un asile sûr, à Montmartre.

— Toute la journée il a eu le délire. Mais tout à l'heure quelque calme est revenu et Georges m'a chargé de vous transmettre sa prière d'aller le voir.

— Tout de suite, dit Fantik. Le temps de passer une mante et nous partons.

— Quelle joie vous allez donner au pauvre garçon !

La toilette d'une femme est la chose la plus longue ou la plus brève.

Telle à qui il faudra des heures pour s'attifer en vue d'une parade, sait, à l'occasion, s'apprêter en quelques secondes où un homme n'aurait pas le temps de passer un veston.

M. d'Erlanges n'avait pas terminé de rajuster ses postiches, que Fantik, couverte d'un long manteau de bure, ses cheveux blonds coiffés d'une carmagnole, revenait de son cabinet de toilette.

— Allons ! dit-elle, ne pouvant retenir un sourire en revoyant le bizarre hurluberlu composé par M. d'Erlanges et dans lequel il était impossible de retrouver le moindre détail du gentil baron, pimpant et trianonesque.

Fantik ayant prétexté à sa camériste le motif quelconque d'une urgente visite à une parente, le couple sortit, prit une voiture qui le mena à la barrière.

On descendit à la barrière. M. d'Erlanges, dans la nuit qui était très noire, dirigea sa compagne à travers les terrains vagues, les sentiers abrupts qui constituaient alors la butte Montmartre. De ci de là, quelques jardins attenant à des moulins dont les ailes se dressaient fantastiquement ou à un de ces coquets pavillons, nommés « folies » que les seigneurs des précédents règnes avaient fait construire pour leurs fredaines amoureuses.

C'était dans une de ces « folies » que le baron avait installé Georges de Kervec.

— Jamais, renseigna-t-il, on ne l'y découvrira. La maison que je tenais d'un mien polisson d'oncle appartient maintenant à un de nos anciens serviteurs qui m'est tout dévoué, mais dont on ne se méfiera jamais, car il est en apparence un des plus féroces bonnets rouges de la section de Clichy.

Au surplus, disparue au fond d'un épais bosquet, rustique à souhait, distante de tout autre logis, cette habitation ne devait pas attirer l'attention.

Georges de Kervec était couché dans une chambre du premier étage. Il ne dormait pas, attendant le retour du baron et, peut-être, Fantik. Sous la lumière, parmi la blancheur des draps, sa pâleur était extrême, avivée encore par l'éclat fiévreux des deux grands yeux de Celte. La ligature du pansement, autour du cou, était couverte de sang.

Le médecin — un ami, dont la discrétion était garantie — venait de sortir. Il avait prononcé :

— Vous en réchapperez pour cette fois, monsieur le marquis... Mais la guérison sera longue... Vraisemblablement elle durera plusieurs semaines... Ne vous plaignez pas trop : sans votre robuste constitution, c'eût été la mort... Tout ce que je vous demande, c'est d'être calme... Prenez patience.

Encouragée un peu par cet augure qui lui fut rapporté par la femme de l'hôte, Fantik n'en fut pas moins près de défaillir quand elle aperçut la pitoyable figure du marquis.

Elle courut vers le lit, saisit une main du patient, qu'elle baissa, mouilla de ses larmes.

— Mon pauvre monsieur Georges, gémit-elle.

— Merci d'être venue, Fantik... J'avais tant envie de te voir, avant de mourir....

— Mais vous ne mourrez pas ! Le médecin...

— Oui, je sais... Mais écoute...

Il articulait avec difficulté, le souffle sifflant. Sa voix s'entrecoupait de rauques étouffements. Il parla:

— Ecoute, Fantik... J'en ai pour plusieurs semaines de lit... Que va devenir mon Yvonne que je ne puis plus secourir ?... Mes amis ne peuvent rien... Tenter un enlèvement? J'y avais pensé, il y a quelque temps. Mais ils ne l'essaieront pas, car désormais leur devoir leur commande avant tout d'enlever le roi hors du Temple... D'autres enlèvements compromettraient le succès de celui-là, qui est primordial... Je ne puis compter que sur toi, ma Fantik... Tu m'as promis ton aide... J'en ai plus besoin que jamais... Dis-moi que tout ce que tu pourras tu le feras pour sauver ma fiancée... et si tu ne peux obtenir sa liberté, pour empêcher ou retarder sa mise en jugement.

— Vous en avez mon serment, monsieur Georges.

Je ferai tout ! Si je ne parviens pas à apitoyer les politiciens, je corromprai des magistrats, j'achèterai des geôliers...

Le baron d'Erlanges sourit, incorrigible galantin :

— Pour ma part, je suis sûr de votre réussite.., Deux beaux yeux comme les vôtres, qui sollicitent, sont un plaidoyer auquel on ne saurait résister.

— Merci, ma Fantik, dit Georges, fervemment.

La jeune femme s'employa à aménager la pièce, à tout ranger pour faciliter la besogne d'infirmier remplie par le baron. Le regard de Georges la suivait, un regard mouillé de larmes de gratitude et au fond duquel, très doucement, passaient des visions de l'antan d'adolescence et d'amour, sur les grèves et dans la lande d'Armorique.

On causa encore.

Mais le baron intervint.

— Notre malade, a pontifié la Faculté, a besoin de sommeil. Votre visite l'a tranquillisé. Abandonnonsle à ses rêves où sans doute vous ne manquerez pas, Mademoiselle, de gracieusement figurer.

— Oui... Il faut vous reposer, Georges... Au revoir...

— Tu reviendras, Fantik ?

— Est-il besoin de le demander ?... Chaque fois que j'en aurai la loisir... A bientôt donc, et ayez confiance.

Le marquis l'attira vers lui, l'embrassa :

— Tu m'as juré... J'ai confiance... Au revoir...

Ce fut M. d'Erlanges qui reconduisit Fantik à travers

l'obscur dédale de la Butte. Il lui avait offert son bras. Mais il ne madrigalisa pas avec sa futilité coutumière. La solennité d'amour qui se dégage de la nuit, la présence de cette femme jeune et jolie agissaient sur lui, lui imposaient un recueillement. Et Fantik, plus émue de ce silence que de la faconde habituelle du jeune homme, sentait son cœur battre un tic-tac plus vif. Cette question surgissait dans son esprit : est-ce qu'elle était près d'aimer ce coquin de baron, d'une si adorable insouciance, si coquettement mignon ?

A la barrière, ayant trouvé une voiture malgré l'heure tardive, il la quitta après lui avoir baisé la main.

Ce baiser fit courir dans tout l'être de Fantik un frisson.

— A bientôt ! avait prononcé le baron d'une voix qui tremblait un tantinet, elle l'avait bien remarqué, et non sans un secret plaisir.

En regagnant son hôtel, éprouvant par tout soi ce trouble délicieux de la femme qui est près d'aimer, Fantik essayait tout de même de se reprendre.

Elle se récupéra un peu en attachant sa pensée à ce serment qu'elle venait d'engager avec M. de Kervec.

— Oui, je sauverai sa fiancée ! se dit-elle.

Elle revoyait Georges couché sur son lit de souffrance, plus supplicié par sa détresse morale que par la douleur physique, et une immense commisération l'investissait.

— Pauvre Georges ! murmura-t-elle.

Et elle repensa à M. d'Erlanges, malgré elle.

VII

Trois mois passèrent.

Pendant trois mois, Fantik multiplia les démarches, les intrigues, les sollicitations pour obtenir le relaxe de Mlle Yvonne de Rozquer. Elle avait des amies qui étaient les maîtresses des tribuns notoires ou des influents du club des Jacobins. Elle alla les voir toutes, les pressa. Elles firent leur possible. Mais inutilement. A plusieurs reprises, Fantik alla trouver Saint-Just. Le grand conventionnel lui paraissait le mieux susceptible d'être touché par une infortune d'innocence. Elle avait observé aussi — quelle femme, si modeste soit-elle, ne fait de ces remarques ? — que Saint-Just la considérait et l'accueillait avec une sympathie marquée, toujours réservée cependant. Saint-Just se retrancha derrière les refus des magistrats. On continuait à garder Yvonne comme caution — et ce rôle devenait de plus en plus dangereux au moment où la vindicte populaire exigeait chaque jour plus d'exécutions capitales — à cause des agitations de son frère, le jeune et bouillant Edmond de Rozquer. Celui-ci, après son voyage en Angleterre, où il avait pris le mot d'ordre des princes, était rentré en Vendée, où il fomentait avec d'acharnés aristocrates un mouvement de révolte et de guerre civile dont la Convention commençait à s'inquiéter. Dans ces conditions, Mlle Yvonne pouvait rester indéfiniment en prison, à moins que la fantaisie d'un bureau l'envoyât à l'échafaud.

Le mieux que put réaliser Fantik, désespérée de ses échecs, ce fut de faciliter à la jeune fille des communications avec son fiancé. Pour ce dernier, avoir des nouvelles de l'aimée, c'était déjà un si grand bonheur.

L'amant de la lingère de Fantik, un certain Beauvoiseau, brave garçon dont le caractère contrastait avec la fonction, s'était prêté, après pourparlers, à faire tenir des billets de M. de Kervec à Mlle Yvonne et réciproquement.

D'après son dire, la jeune fille acceptait sa détention sans autre peine que d'être séparée de son adoré, avec cette fierté valeureuse qui signala les dames de noblesse, à cette époque.

C'était Fantik qui jouait le principal rôle d'intermédiaire dans cette correspondance.

De la sorte, elle voyait souvent Georges de Kervec. Il guérissait avec lenteur. Ses préoccupations d'âme retardèrent sa convalescence. De son mieux Fantik le réconfortait, lui cachant ses déboires, lui promettant la réussite.

A ces entrevues fréquentes, le baron d'Erlanges assistait toujours ou presque (n'était-ce pas à son intention peut-être, que Fantik multipliait ses visites à la « Folie » de la Butte-Montmartre?) et le roman d'amour débuté mystérieusement dès la première rencontre se noua avec rapidité.

Sous ses extériorités friponnes, qu'il théâtrisait quelque peu à plaisir selon la formule de Trianon, sous son personnage de Chérubin terrible et scepti-

que, le jeune baron gardait une très profonde sincérité foncière où il y avait beaucoup de franche ingénuité et il avait aussi, quoi qu'il fit pour le déguiser,
ce sentimentalisme du temps, éduqué aux psycholo-
gies passionnées de Jean-Jacques.

En constatant la tendresse qui s'éveillait pour lui
dans le cœur de Fantik, il en avait été remué. Non
pas seulement d'une simple fatuité, mais très intime-
ment. La jeune femme était si jolie ! il la connaissait
si loyale, si dévouée, d'un cœur si bienveillant ! Une
courtisane ? qui faisait cela ? C'était la faute à la vie.
Fantik n'était-elle pas plus méritoire d'avoir conservé
ses qualités dans une chute où tant d'autres perdent
toute honnêteté ? Elle était digne d'être aimée. Il
pouvait l'aimer et en être aimé sans forfaiture à l'amitié de Georges, l'ancien amant, puisque celui-ci en
chérissait une autre.

Lorsque Fantik, empêchée, passait trois ou quatre
jours sans venir à Montmartre, il se présentait chez
elle, sous couleur de prendre quelqu'un de ces papiers
du complot royaliste qui avaient été déposés chez
elle.

Dénoncé à la police après l'affaire de la rue de
Tournon, convaincu d'ailleurs de participation à des
mouvements de restauration monarchique, sa tête
était presque mise à prix, les ordres les plus exprès
étaient donnés pour sa capture et il risquait gros à
s'aventurer dans les rues de la capitale. Il s'y amusait
avec une folle témérité, sous les déguisements les
plus étranges et parfaitement combinés : tantôt en

charbonnier auvergnat, tantôt en cocher manceau, toujours aussi méconnaissable que possible.

Fantik n'ignorait plus qu'elle était loin d'être indifférente à M. d'Erlanges et cela avait décidé son amour.

Elle aimait le baron, éperdûment, et sa joie était sans bornes lorsque quelque signe discret lui précisait qu'elle était payée de retour.

Elle traversa alors cette crise qui est toujours celle des courtisanes quand elles éprouvent l'amour vrai et sincère.

Elle eut honte d'elle-même, de sa position.

Certes, il n'y avait pas là de sa faute. Elle avait subi le sort de celles que leur charme désigne au désir des hommes, que rien ne défend contre leur faiblesse. Elle était venue aussi, dans ce Paris de perversion, à une période d'immoralité éréthismée et elle s'était trouvée emportée par un tourbillon plus fort que toute volonté.

Dans tous les cas, elle voulait épargner à M. d'Erlanges la torture de la voir trop semblable aux autres, trop acoquinée avec les autres.

Mirojal, le financier qui l'entretenait, était parti en Belgique où il draînait des millions encore dans une importante spéculation de fournitures militaires. Il faisait de l'argent avec l'héroïsme des combattants. Cette absence procurait à Fantik l'occasion de ne pas apparaître au baron sous son jour fâcheux de fille subventionnée et achetée. Elle lui laissait également plus de liberté pour ses visites à Georges et pour recevoir chez elle ce fou de M. d'Erlanges.

Elle renonça — ce qui né lui coûtait guère, car elle ne les avait adoptés que pour imiter ses pareilles — à ces attiffages excentriques et excessifs qui du reste seyaient moins à sa jeune joliesse que la simplicité de mise.

Elle écarta de chez elle celles de ses amies dont la trivialité pouvait choquer l'aimé et rejaillir sur elle s'il la rencontrait en leur compagnie. Elle ne se montra plus aux fêtes orgiaques qui attiraient le tout Cythère rouge.

Elle goûtait une satisfaction d'amoureuse à ces prévenances et à redevenir elle-même, à se dégager de ce personnage de convention à quoi les circonstances l'avaient obligée.

L'idylle progressa gentiment.

Au début, autour du lit de Georges, ce furent des sourires furtifs qui ne voulaient rien avouer encore, des escarmouches de mots taquins, des pressions des mains se rencontrant dans les soins donnés au malade. Bien des fois, Fantik se plaisait à demeurer jusqu'à la nuit dans la maison, afin d'avoir le délice d'être auprès de M. d'Erlanges, dans l'obscurité de la Butte, quand il la raccompagnait.

Dans leurs entrevues chez elle, c'était la même chose, avec un peu plus d'hésitation anxieuse.

Ils riaient beaucoup, naïvement, pour ne pas laisser deviner leur mutuelle angoisse.

Ensuite, leur amour s'avivant sans qu'une parole eût été prononcée, ce fut la phase des conversations tremblées et s'arrêtant court par instants. Plus rien

ne restait chez le baron de cette attitude de forcené
don Juan qu'il avait affectée autrefois. Il se compor-
tait comme un gamin timide, très épris. Et Fantik
était aussi une gosseline tout de suite rougissante.

Ils n'osaient pas se déclarer — mais leurs intona-
tions, leurs gestes, les trahissaient à toute minute.

Ils ne pouvaient plus passer un jour sans se voir.

Cela dura les trois mois de la grande commotion
nationale.

Enfin, un soir — c'était vers la mi-décembre —
M. d'Erlanges prit l'audace de parler. Il ramenait
Fantik vers la barrière de Montmartre. Un splendide
clair de lune baignait de blancheur poétique les
pentes de la Butte ; vers le ciel d'ombre bleutie se
tendaient fantômatiquement les ailes des moulins.

— Je vous aime, Fantik, dit-il.

— Qu'en dois-je croire ?

— Et je vois aussi que vous m'aimez...

— Oh !

— N'est-ce point vrai ?

— C'est vrai ! répondit-elle, très bas, tout doux.

— Ah ! Fantik... Fantik...

Et, lui saisissant les mains, l'attirant vers lui, le
baron murmura sa stance ardente et très tendre :

— Je vous aime Fantik, parce que vous êtes la
grâce, la loyauté et la bonté... Je vous aime non pas
seulement avec la fougue des sens, mais aussi avec
toute ma vénération... Je vous aime comme jamais je
n'aimai jusqu'ici. Votre présence m'est la plus éni-
vrante félicité ; la pensée de vous, quand vous êtes

loin, est l'unique dans mon esprit et dans mon cœur...
Qui sait ce que nous réserve demain ? Peu m'importe
le pire destin si auparavant j'ai connu l'ineffable délice de votre baiser...

La rhétorique se ressentait de la littérature dithy-
rambique qui avait présidé à l'instruction du baron ;
mais la voix, aux caresseuses modulations vibrait de
sincérité. Se penchant vers la jeune femme, entou-
rant sa taille qui ployait, M. d'Erlanges, en un baiser
de folie, prit les lèvres de Fantik, qui se donnèrent.
Et ce baiser fut très long, très lent et d'une paradi-
siaque suavité. Fantik ravie, pâmée, avait un roucou-
lis de tourterelle enamourée. Et ce furent d'autres
baisers, des baisers encore, des baisers infiniment,
dans la nuit de splendeur blanche. Et la prière du
jeune homme se fit plus brûlante. Il déclara avec une
ardeur sans brutalité, son désir enflammé.

— Je vous aime, lui répondit-elle.

Elle ajouta, délirante :

— Venez demain soir chez moi. J'y serai seule.

— Oh ! merci ma Fantik.

Et après un dernier baiser, elle s'échappa vers
Paris.

VIII

Rebuté, évincé, rabroué, le citoyen Voujars n'en
persévérait pas moins à désirer la Bleuette.

Grâce aux grandes précautions qu'elle avait prises lors de ses sorties à Montmartre (se méfiant des probables aguets des espions de Voujars), Fanlik était parvenue à ne trahir point la retraite du gentilhomme.

Mais les louches policiers postés en effet par le citoyen autour du domicile de la Bleuette n'avaient pas manqué de remarquer les fréquentes allées et venues de M. d'Erlanges. Pour adroits que fussent ses déguisements — ils cachaient très bien sa personnalité au premier aspect, mais à la longue leur variété n'était plus un subterfuge — les agents de Voujars avaient reconnu que c'était le même homme qui se présentait chez la Bleuette, sous des mises et avec des masques différents.

Cette particularité les avait frappés. Ce pseudo-charbonnier, mitron ou fort de la Halle, si protéique ne leur disait rien qui vaille. Quel mystère y avait-il là-dessous? qui était cet homme? Ils avaient signalé le fait à Voujars, lequel leur avait donné pour consigne expresse de découvrir la véritable identité de cet inconnu, si souvent reçu chez la Bleuette.

Les limiers avaient longtemps cherché, sans résultat. Subtil et preste, M. d'Erlanges leur glissait entre les doigts au cours de toutes leurs poursuites.

Au moment où nous en sommes de notre récit, c'est-à-dire vers la mi-décembre de 1792, un hasard venait de livrer la vérité à l'une des créatures de Voujars.

Ayant adroitement filé le baron à une de ses sorties de chez la Bleuette, l'ayant pisté, sans se laisser deviner, dans tous ses détours les plus déroutants, l'espion avait vu M. d'Erlanges pénétrer dans un vieil hôtel du quai du Chatelet où s'assemblaient notoirement des réactionnaires.

Des délateurs stylés et entretenus par les comités jacobins s'insinuaient dans toutes les réunions royalistes.

L'agent de Voujars, émérite dans son métier de mouchard, avait su que le multiforme personnage n'était autre que le jeune baron d'Erlanges, porté comme « disparu » aux registres de la police après l'échauffourée de la rue de Tournon et contre qui avait été décerné un mandat d'arrestation.

Informé de tout ceci, Voujars pensa :

— C'est le nouvel amant de la donzelle. Il l'a connue par l'autre, le précédent, ce ci-devant de Kervec. Celui-ci en disponibilité ou par la mort ou par la maladie (je n'en ai rien pu apprendre), il est tout simple que le camarade, jouvenceau lui aussi et fringant, prenne la succession ou l'intérim. Cette coquine est pire encore que je ne supposais. Elle a du vice. Et c'est moi seul qu'elle dédaigne, qu'elle repousse, et de quelle manière ! Ah ! ah ! ma petite, nous allons rire... Je n'aurai pas pu l'avoir, mais elle le regrettera plus encore que moi... Je vais faire exécuter contre le baron le mandat d'amener lancé contre lui,... je le prendrai au nid, chez elle, en sorte de l'impliquer elle aussi dans les mics-macs monarchiques de son Céladon. Cela lui donnera à réfléchir... Elle verra qui je suis... Peut-être me détestera-t-elle davantage mais enfin quelques journées de réflexion dans un cachot sont faites pour amener bien des gens, et surtout une jeune femme, à résipiscence.

Cette résolution prise, Voujars était allé à la Commune, s'était fait remettre plusieurs pouvoirs pour procéder à la capture du ci-devant baron d'Erlanges traître et conspirateur.

Et à l'heure même où le jeune homme s'acheminait vers la maison de Fantik pour ce rendez-vous d'amour qui lui avait été consenti la veille, les argousins de Voujars se mettaient en mesure, dans la rue Neuve-des-Petits-Champs, de cerner et d'appréhender le couple.

... Lorsque M. d'Erlanges était arrivé chez elle où elle l'attendait seule, Fantik s'était prise à rougir et à trembler. Elle que l'excentricité de sa profession, pendant quelques mois, avait accoutumée à l'émoi du premier tête-à-tête avec un nouvel amant, elle se sentait aujourd'hui toute remuée de plaisir et de honte. Ah! ce passé, ce passé dégradé, dont sa responsabilité était innocentée mais que rien ne pouvait effacer, comme elle eût souhaité ne l'avoir pas vécu, en cet instant où elle se trouvait près de l'aimé, près de se donner à lui, où elle allait regoûter les adorables délices ignorées depuis l'adolescente idylle avec Georges.

Par une imprudence qui dénotait son caractère de coquetterie et de risque-tout, M. d'Erlanges était venu, ce soir, sans travesti. Il n'en voulait pas pour une entrevue d'amour. Cela lui avait paru indigne et il avait traversé les rues, simplement couvert d'un manteau par-dessus son élégant habit de cour qu'il avait tenu à revêtir. Ainsi, il était d'une exquise joliesse : la jambe fière dans des bas de soie et une culotte de satin incarnat, la taille moulée dans une étroite redingote, la figure rose sous la perruque finement poudrée. Les dentelles de son col et de ses manchettes étaient du plus riche Alençon.

— Quelle folie, mon ami ! lui reprocha Fantik, en souriant de le voir si charmant.

— Lesquelles ne ferais-je pas pour vous ?

— Sortir en un tel costume, à cette époque !

— Jamais le plaisir d'un bel habit ne me fut aussi vif !

— Si vous aviez été reconnu ? vous savez bien comme vous êtes menacé ?...

— Bah ! j'ai joué bien d'autres tours à la canaille ! L'important est que me voici, indemne et anonyme. Et enfin, quoi de plus naturel, voyons, que d'avoir voulu quelques avantages en ce soir, ma Fantik... ce soir...

Elle rougit davantage.

Partageant la fièvre de désir du jeune homme, anxieuse elle aussi de la ferveur de leurs caresses, elle avait, devant cet amour si différent de ses aventures d'hétaïre, cette confusion de pudeur des honnêtes femmes qui vont se donner.

Le baron comprit ce trouble. De son côté, il était angoissé de cette solennité dégagée par l'imminence du véritable amour.

Pour laisser se calmer cet émoi, tous deux, d'un commun accord, s'attardèrent à une conversation diversive. Ils parlèrent de Georges.

Le marquis savait l'amour de Fantik et de M. d'Erlanges. Il souriait à leur tendresse, amoureux lui aussi. Et le souvenir de ses soirs des caresses avec la jolie ne l'incitait à aucune hargneuse jalousie.

Quelques minutes, le baron et Fantik tergiversèrent ainsi en une causerie vague.

Mais des frissons les agitaient.

Ils avaient des silences anxieux dans la pénombre imprécise, éclairée d'une seule lampe.

Soudain, d'un réciproque élan de jeunesse et de passion, leurs mains se joignirent, et leurs lèvres.

Ce furent des baisers, des baisers sans fin, des baisers doux comme l'effleurement d'un calice par un papillon furtif, des baisers d'ivresse, des baisers emportés ainsi que la ruée des vagues contre les rocs, des baisers de folie, et cependant très purs, comme les cœurs des deux amants.

Ce furent des étreintes.

Et ce fut enfin le Baiser.

Le Baiser, le divin Baiser, parmi des murmures suaves, des soupirs — et des râles éperdus.

Fantik se donnait toute, frénétiquement, en une délirante joie de cet amant, si joli, si mignon, qu'elle adorait. Ah ! cette extase, comparée à ses lassitudes et à ses dégoûts avec tant d'autres ! Le baron s'emparadisait de volupté. Ce fut un ineffable triomphe de jouvence et de délices.

Et les amants, encore, encore, s'extasiaient du Baiser.

Comme ils s'alanguissaient après une heure de démence, enlacés sur le sopha d'amour, les lèvres jointes et gémissant de tendres phrases, un tumulte indescriptible se répandit dans la maison.

Des cris, des menaces, des coups enfonçant les portes. D'un bond, Fantik se leva.

Qu'était cela ?

Ce ne pouvait être Mirojal. La veille encore elle avait eu des nouvelles du financier. Il continuait ses opérations d'agio à l'armée du Rhin. Du reste, elle le connaissait assez pour savoir que jamais sa jalousie — s'il venait à être jaloux — ne se livrerait à une telle manifestation.

Voujars et ses hommes se hâtaient.

En quelques secondes, avant qu'il eut été possible aux amoureux de deviner de quoi il s'agissait, le citoyen et ses acolytes pénétraient dans la chambre d'amour. Le désordre qui y régnait était explicite des récents transports.

Le citoyen, important, proclama :

— Au nom de la Loi, je vous arrête.

Le baron n'avait pas pâli.

Mais Fantik, renseignée aussi sur les périls à quoi il était exposé par cette capture, défaillait. Elle aperçut Voujars. Le laid personnage ricanait ; pourtant la rage dominait en lui, à la vue de cet appareil d'amour, de l'amour accordé à un autre par cette femme si âprement convoitée de lui.

— Vous! toujours vous, misérable! lui jeta Fantik.

Tranquillisé dans son rôle orgueilleux par la présence de ses argousins, Voujars procéda aux formalités :

— Pressons-nous!

Et, parlant au baron :

— Vous êtes le citoyen Erlanges, ci-devant baron?

— Le baron d'Erlangès, toujours et quand même, ne vous déplaise, répliqua sarcastiquement le jeune homme. Je permets à la Convention de raccourcir ma personne, mais non pas mon nom!

Interloqué par la morgue aristocratique, Voujars voulut la revanche d'une grossière malice. Il cligna des yeux :

— Il paraît que je viens assez mal à propos.

— Ce qui ne m'étonne pas! Un valet de la République ne saurait être autre chose qu'un malotru.

— Trêve de ces insolences! On vous rabattra le caquet!

— Ce sera donc une victoire de la caque révolutionnaire.

— Vous savez quels crimes vous sont imputés!

— Je le sais et je m'en honore. J'ai fait le coup de feu contre la canaille insurgée. J'ai travaillé de tout mon pouvoir à jeter bas les assassins dont vous êtes l'esclave, à rétablir le trône du Roi sur les cadavres de votre séquelle. J'ai été, dans ce but, de tous les complots et de toutes les séditions. Vous voyez que je vous en signifie toute la vérité, avec mon mépris.

Les brutes de Voujars grognaient.

— J'ai fait mon devoir, reprit le gentilhomme. A vous, manans, d'accomplir votre besogne.

Brisée par l'émotion et la terreur, Fantik était tombée sur un siège et pleurait désespérément. L'épreuve était trop rude : cette arrestation, qui allait coûter la vie à l'adoré, dans l'heure même des premières félicités d'amour cela dépassait la mesure des ténébreuses sévérités du sort.

— Qu'on arrête aussi cette femme! ordonna Voujars.

Le baron, que trois policiers avaient déjà appréhendé et qu'ils ligottaient protesta furieusement :

— Pourquoi cette arrestation ?

— Parce que la citoyenne est sujette à caution. La maîtresse d'un criminel risque fort d'être sa complice.

— C'est faux ! C'est infâme ! Madame n'a jamais été...

— Elle s'expliquera devant le tribunal.

— Lâches ! lâches !

Mais Fantik intervenait :

— Laissez-les faire, mon amour... Que m'importe d'ailleurs une vie où vous ne seriez plus ?

Elle dit à Voujars, l'écrasant d'un regard de dédain :

— Vous êtes un monstre !

A son tour elle eut les mains liées.

— Qu'on fouille la maison ! commanda Voujars, exaspéré.

Il s'approcha du baron.

— Avez-vous quelque aveu à faire ? quelque complice à dénoncer ?

— Pour qui me prenez-vous ! se redressa fièrement M. d'Erlanges. Me croyez-vous de votre espèce ? Vous me tenez, c'est très bien... Mais quant à apprendre par moi quoi que ce soit des actes de mes amis, attendez que le régime de l'égalité jacobine ait donné aux gentilshommes des âmes de Marat.

Les roussins, dispersés à travers l'habitation, bouleversaient tout. Dans la chambre même où venaient de se dérouler les scènes précédentes, ils ouvraient les armoires, les placards, Voujars, le groin à l'évent les yeux allumés, considérait les toilettes, le linge de dentelles, les objets de coquetterie, toute cette intimité futile, gracieuse et parfumée de la femme qu'il ne pouvait avoir. Ses dents se serraient de rage et il grommelait de sourdes injures. Lui qui par le prestige de l'effroi avait obtenu l'abandon de tant et tant de malheureuses — on disait que même de hautes dames de l'aristocratie l'avaient subi pour sauver un père, un mari ou un enfant — voici que l'unique vers qui s'était déchaîné son appétit le narguait de son amour pour un autre !

Séparés par leurs gardiens, Fantik et M. d'Erlanges, mêlaient leurs regards et c'était encore d'exquises caresses. Lui, il lui donnait du courage, tendrement ; elle, elle se donnait encore, toute.

Les policiers continuaient leur office.

Fantik eut une panique. En sondant les murs, un

des hommes venait de heurter le panneau d'un placard dissimulé derrière une tapisserie.

— Qu'y a-t-il là ? interrogea Voujars.

— Rien... Il n'y a rien...

La voix de Fantik avait trahi sa crainte.

— Faites sauter ça ! dit le chef.

Livide, Fantik suivait l'opération.

Ce qu'il y avait dans ce placard, c'était le coffret contenant les papiers de complot que M. d'Erlanges avait apportés à la jeune femme, en compagnie de Georges, la première fois qu'ils s'étaient vus. Elle les avait mis là, estimant la cachette, au fond d'un mur, de toute sûreté. Funeste hasard ! La découverte et la saisie de ces papiers allaient accumuler des charges nouvelles contre le baron. Plus d'espoir désormais qu'aucune clémence pût s'exercer en sa faveur. Il était perdu ; et, circonstance qui allait le navrer plus encore, par là se trouveraient dénoncés ses amis, ceux qui avec lui avaient collaboré aux suprêmes tentatives de l'aristocratie.

Et rien à faire pour empêcher cela !

Le panneau défoncé, un policier présenta le coffret à Voujars.

— Ah ! ah ! railla-t-il, ouvrant la serrure... un coffret empli de paperasses. Sans doute des poulets reçus par la dame, de la prose d'amants de cœur qu'elle plaçait à l'abri des soupçonneuses recherches de l'entreteneur...

— Goujat ! s'écria M. d'Erlanges qui avait bien reconnu les papiers, mais qui dans la colère d'entendre injurier son aimée oubliait tout autre sentiment.

— Voyons cela, fit Voujars.

Il déplia quelques feuillets, lut et sursauta.

— Bigre ! laissa-t-il échapper, ébahi.

Il parcourut attentivement diverses pièces du dossier.

— A merveille ! triompha-t-il en prenant le petit meuble sous son bras. Camarades ! nous pouvons nous flatter d'avoir fait de *la belle* ouvrage. La Convention nous devra une fière chandelle. Ce que voici n'est rien moins que la preuve des conjurations en faveur des Capet, avec les noms des conjurés. Y aura-t-il assez de place dans les cachots ? Quelles râfles nous allons faire !

M. d'Erlanges était atterré ; Fantik pleurait.

— Ton compte est réglé, citoyenne... Finies les amourettes... Ces papiers chez toi, cela est un suffisant témoignage de ta participation à ces complots.

— Mensonge ! s'éleva violemment le baron. Madame n'a été de rien, elle ne savait pas ce qu'étaient ces papiers...

— Le coq qui défend la poule ! s'esclaffa Voujars. Le malheur est que de telles protestations ne servent à rien... Allons ! nous n'avons pas perdu notre soirée .. Citoyen Erlanges, à bientôt le jour de barbe,... et toi, ma belle, Sanson te donnera un collier qui se porte beaucoup ces temps-ci.

Autoritaire, il dicta ses ordres.

— Que quatre hommes m'accompagnent remettre ces papiers aux mains des magistrats... Les autres, menez cet homme au Temple et la fille à la Conciergerie .. Vous en répondez sur vos têtes. Ouste ! et vivement !...

Il fit une sortie prétentieuse.

Bousculés, les deux amants furent entraînés hors de la pièce sans pouvoir échanger un suprême baiser.

Leurs yeux seuls purent échanger un dernier adieu et leurs voix.

— Adieu, Fantik... Je t'aime !

— Adieu, mon bien aimé !

Redoutant de faiblir en ce déchirant instant, le baron marcha rapidement vers le dehors.

Fantik, à bout de forces, s'évanouit.

IX

— Dès le lendemain matin du jour où elle avait été enfermée à la Conciergerie Fantik y avait trouvé Mlle Yvonne de Rozquer, la fiancée de M. de Kervec.

La courtisane et la jeune fille avaient noué connaissance.

— C'est moi qui avec l'aide du geôlier Beauvoiseau faisais parvenir vos lettres à M. Georges et qui, par le même moyen, vous transmettais les siennes.

— Ah ! que de gratitude ne vous dois-je pas ! Mais comment connaissiez-vous M. de Kervec.

— Je suis la fille des Le Goffal qui furent longtemps les fermiers de sa famille.

Avec une délicatesse adorable, craignant de créer
en ce cœur ingénu la douleur de la jalousie dans le
passé, Fantik cachait ainsi à Mlle de Rozquer qu'elle
avait été la maîtresse de Georges, autrefois.

La demoiselle s'informait aussitôt :

— Comment va-t-il ? Est-il près de guérir comme
il me le marquait dans son dernier billet ? Y a-t-il
longtemps que vous ne l'avez vu ?

— Je suis allée, pas plus tard qu'avant-hier, à la
maison de la Butte-Montmartre qui est son asile. Il
se remet le mieux du monde et dans quelques jours
il pourra sortir.

— Mon pauvre Georges ! J'ai ici, à tous les sujets,
bien des anxiétés dont je me suis gardée de lui parler dans mes lettres. Je le connais : cela aurait
empiré sa maladie. Mais ce dont j'ai le plus souffert,
ce fut de ne pouvoir être auprès de lui pour lui donner mes soins.

Toutes deux se promenaient dans le préau. La ma-
tinée, frisquette, était lumineuse d'un clair soleil.

Yvonne de Rozquer avait dix-sept ans. Elle dégageait une précieuse séduction de beauté aristocratique. Grande, la taille d'une souple sveltesse, le
cou mince, l'ovale doux des traits infiniment purs
auréolés d'une chevelure de soleil, elle possédait
comme toutes les filles d'Armorique cette profondeur
immense des grands yeux bleus qui semble le reflet
de l'azur atlantique. Ce qu'il y avait en elle d'un peu

orgueilleux, héritage de la race, se corrigeait de grâce avenante et juvénile. Elle enchantait et elle plaisait. Son sourire frais possédait une attirante expression de bonté et de cordialité. Ses gestes étaient captivants.

Son bras amicalement passé autour de la taille de Fantik, (une sympathie de jouvence et de tendresse s'était créée, entre elles immédiatement) la jeune fille alla présenter sa nouvelle compagne, à titre de compatriote, à ses connaissances parmi les prisonniers du préau.

Fantik y obtint le meilleur accueil.

Son charme discret et réservé lui valut tout de suite des affections. D'ailleurs, dans ces groupements de personnes vouées à la mort prochaine par la Convention, une égalité s'établissait aussitôt de ce fait qu'on était une victime de la Montagne. Il n'y avait plus là d'aristocrates ou de libéraux modérés : il y avait des victimes de la Terreur, rien plus. Le même sort les réunissait en une même caste.

Personne enfin entre ces gens ne connaissait la Bleuette ni ce qu'elle avait été quelque temps.

Les prisonniers jouaient aux boules, à la course.

Les femmes brodaient ou causaient.

Mlle Yvonne et Fantik reprenaient leur promenade.

— N'espérez-vous pas, Mademoiselle, dit la courtisane, être bientôt remise en liberté ?

— Je n'en puis rien espérer. Les pouvoirs publics, comme disent ces gredins, ont pris ombrage de la

violente campagne de mon frère pour ouvrir une
sédition en Vendée et en Bretagne. Il paraît qu'il fait
là-bas grand tapage, prêchant la guerre sainte. Le
mouvement n'est pas encore commencé, mais on en
a déjà par ici l'appréhension. Dieu soit avec mon
frère et avec ces braves gens ; je consens, moi, à
faire abandon de mon bonheur et de ma vie pour
le triomphe de la bonne cause.

Malgré la fierté de cet accent de sacrifice, il était
bien perceptible que des regrets, des regrets d'amour
surtout, étaient cachés au fond de ce cœur virginal.
Yvonne se les interdisait à elle-même comme elle
s'était interdit de rien avouer de ses intimes détresses
à Georges, mais elle souffrait certainement et beaucoup.

Cette première journée de leur camaraderie fut
très pacifiante pour Yvonne et Fantik.

Elles reparlèrent, longuement, de Georges.

Elles évoquèrent — deux enfants de Bretagne ne
sauraient être ensemble quelque temps sans y venir
— le cher pays sauvage et tourmenté, les aubes et
les midis splendides sur la lande palpitante de la vie
humble des bruyères et des buissons d'églantiers, les
couchants incendiés parmi l'ombre violette des falaises, l'or et la pourpre des nuages, sur l'horizon
féérique. Elles oubliaient l'heure présente et le
lieu.

Quelquefois pourtant, Fantik soupirait, sa pensée
était absente manifestement de la causerie, et l'aiguail
des larmes mouillait ses prunelles.

C'est qu'elle venait de songer au baron d'Erlanges, au bien-aimé dont elle n'avait goûté qu'une fois la caresse emparadisante, à l'amant adoré qu'elle ne verrait plus, dont elle n'aurait plus le baiser, qui mourrait quelque jour prochain.

Et la cruauté de leur destin enflagrait en elle des révoltes bientôt étouffées par la tristesse de l'irrévocable.

La jeune fille qui observait cette anxiété en pénétra le motif avec la merveilleuse divination des femmes.

— Vous êtes malheureuse ? dit-elle avec compassion.

— Ah ! tant et tant !

— Vous songez à quelqu'un de cher ?

— Oui.

— Hélas ! c'est cela, le pire martyre.

Elle aussi elle l'endurait, stoïquement.

Et l'hétaïre et la fiancée navrées de la pareille peine d'amour, se prodiguèrent la consolation de douces paroles de jeunesse et d'espoir, dressant le rêve d'une soudaine abolition de la Convention qui les rendrait enfin à la liberté et à la tendresse. Pourquoi pas ? les vexations épouvantables du régime irritaient la nation. Elle se rebellerait, certainement.

— Mais peut-être trop tard, gémit Fantik.

L'accusation pesant sur elle — elle n'en avait rien dit à Yvonne — était discutable : son origine plébéienne la plaçait à l'abri quelque peu des foudres révolutionnaires ; à défaut de Mirojal que sa jalousie, à cause du flagrant délit scandaleux, détacherait d'elle, elle avait des amis et des amies qui pourraient écarter d'elle une condamnation implacable. Mais que lui faisait tout cela, si l'amant mourait ? Or, son exécution n'était-elle pas assurée et imminente ? Il était si compromis ! Dès lors, à quoi bon la vie, pour elle. Elle n'en voulait pas. En dépit de l'effroi de *tout être jeune devant la mort*, elle la préférait à une vie de détresse et d'amertume dans le souvenir douloureux du bref amour effondré. Ah ! la pauvre idylle si jolie, si pure, et si tôt finie !... Son cœur s'en contractait lamentablement.

Tous les jours suivants furent ainsi, ensoleillés de l'amitié des deux jeunes âmes féminines de plus en plus liées, endeuillés du vagabondage des pensées vers les absents aimés.

Dans la Conciergerie, c'était la même vie monotone ; les séances de conversation dans les cours, les parties de boules ou de cartes, interrompues par l'arrivée des charrettes fatales venant quérir leur charge de victimes.

Citées quelquefois devant les magistrats instructeurs — on daignait encore procéder à quelque semblant d'enquête — ni Yvonne ni Fantik n'avaient comparu encore devant le Tribunal.

Par le geôlier Beauvoiseau qui continuait son rôle d'intermédiaire, la jeune fille avait parfois des nouvelles de Georges.

Le jeune marquis, complètement guéri, avait quitté la « folie » de la Butte Montmartre. Un ami le cachait, car il se savait très menacé par la police des clubs, dans une maison de la rue Saint-Honoré. Ce qui du reste ne l'empêchait pas d'avoir repris son rangs dans les factions royalistes très agitées en ce moment afin de soustraire Louis XVI, par la force, à l'infamie d'une condamnation et au désastre d'une décapitation.

Dans ses lettres M. de Kervec relatait sa fureur de l'interminable détention de son aimée. Il avait des mots de passion qui faisaient pleurer Yvonne. Hélas! toute tentative, plus que jamais, était impossible alors que l'énergie monarchique devait s'unir et se coaliser en faveur du Roi.

Toujours un post-scriptum contenait quelques phrases affectueuses pour Fantik.

— Tu peux l'aimer de tout ton cœur, avait écrit le marquis à sa fiancée. Fantik est si bonne, si franche !

La sympathie des deux prisonnières en avait été resserrée davantage. Et c'était une touchante harmonie que celle de ces deux cœurs blessés d'amour, d'une courtisane et d'une vierge.

Un mois passa.

Il fut formidable.

L'orage tragique en consterna le monde.

Louis XVI fut condamné à mort et le sang de Bourbon consacra la terreur de la guillotine.

La démence du massacre ruait les régicides à la curée tragique de la noblesse de France. Les exécutions se multiplièrent. Les prisons se vidaient à chaque apparition des *bières roulantes*. Des ruisseaux rouges coulèrent sur la place de la Révolution.

M. d'Erlanges, particulièrement désigné aux haines républicaines, fut de ceux qui montèrent alors à l'échafaud.

Georges de Kervec en manda par billet la nouvelle à Yvonne. Il lui confiait l'amour de Fantik et du baron et il la priait de faire part de ce décès à la malheureuse avec tous les ménagements possibles.

Mlle de Rozquer eut des douceurs et des délicatesses de sœur pour prévenir son amie. Quand celle-ci, frappée au plus profond, hurla sa plainte d'infortune, le déchirement de tout son être, Yvonne lui murmura, fémininement, chrétiennement, les mots de résignation. Et leur vertu ramena la sérénité du désespoir dans l'âme de Fantik. Chrétienne également, n'ayant jamais abandonné la foi dans les turbulences momentanées et les égarements où la force de la vie l'avait entraînée, Fantik se réfugia dans l'espoir de retrouver bientôt au séjour de calme, de félicité et d'amour, dans une paix fleurie de baisers, *le cher amant* dont elle avait été ici bas si cruellement séparée.

Ah! que la mort vint vite!.. Parmi ses voisins il y en avait beaucoup qui l'appelaient aussi, la Verseuse d'oubli, dans l'horreur de survive à ce qui avait été leur vie. Nul autant qu'elle n'avait hâte d'en finir.

Toute la nuit, elle se remémorait la moindre des minutes qui avaient été les siennes avec M. d'Erlanges, elle reconstituait la scène si rapide de leur soir d'amour ; toute la journée, assise en quelque coin du préau ou marchant, distraite, auprès de Mlle de Rozquer, elle s'obsédait de l'adoré fantôme du joli baron, mièvre et mignon. Cette tête brune, si rieuse, elle était tombée sous le couperet ! Cette vision atroce glaçait le sang dans ses veines.

Fantik ne se rattachait plus à l'existence et à son entourage que par son intérêt compatissant à la tendresse d'Yvonne et de Georges.

Que du moins ceux-là fussent heureux ! La jeune fille le méritait tant ! Et elle souhaitait tant de bonheur au Georges aimé de jadis ! Plus rien que ce vœu ne la concernait sur cette terre qu'elle était si impatiente de quitter après le cataclysme de son amour.

Mais les événements ne donnaient pas grande chance à la prévision que Mlle de Rozquer fût bientôt rendue à son fiancé. La Convention semblait se consolider dans l'hécatombe. Le vertige sanguinaire gagnait la France entière. Il était même à redouter que la noble jeune fille fût bientôt comprise dans quelque fatale charretée. Il n'y avait plus même maintenant une vaine apparence de procédure criminelle. Un ordre, une signature suffisaient à livrer sa pâture à l'ogre. Quiconque possédait la particule ou avait eu la moindre relation avec un aristocrate était menacé, d'un instant à l'autre, de cet arbitraire.

Quelque jour prochain, le nom de Mlle de Rozquer ne figurerait-il pas sur la liste abominable des bourreaux ?

La sédition de Vendée et de Bretagne se levait. Le nom d'Edmond de Rozquer, au premier rang parmi les fomentateurs, n'entraînerait-il pas pour sa sœur, à titre de revanche et de châtiment, l'ordre de mort ?

Les missives de M. de Kervec trahissaient cette anxiété ; Yvonne elle-même, bouleversée devant l'imminence de la fin, tremblait et sanglotait souvent.

Et, dans sa peine désespérée, Fantik trouvait la force de soutenir et d'encourager la jeune fille. Elle pour qui l'avenir n'était que dans la mort, elle vantait à sa compagne l'espoir en la vie !

Elle se souvenait du serment fait une fois à Georges : de lui rendre, à tout prix, sa fiancée.

Ce serment, comment le tenir, désormais ?...

X

L'occasion lui en fut offerte.

Un matin de février 1793, de très bonne heure, Fantik vaquait dans sa cellule à quelques rangements de son mince mobilier de prisonnière.

Il faisait très froid. Pas de feu dans le cachot.

Un homme entra.

C'était Beauvoiseau, le geôlier qui faisait passer la correspondance de Georges de Kervec à sa fiancée.

Un brave homme de qui le physique ni le cœur n'étaient en rapport avec la fonction. Petit et gros, le teint fleuri, la mine réjouie, les yeux clignotants de jovialité dans la bouffissure des traits, il n'avait accepté cet emploi que faute de trouver du travail, en ces temps de plèbe, dans son métier de ciseleur de cadres pour la miniature.

Au contraire de tant de ses confrères, brutes inhumaines, il était serviable et indulgent pour les détenus. Il ne pouvait même se départir d'un certain respect pour les « ci-devants » qui lui avaient fait gagner sa vie et qui avaient aimé et protégé son industrie. Il lui arrivait, lorsqu'il ne risquait pas d'être entendu, de restituer leurs titres aux prisonniers et de leur apporter leur maigre pitance en les appelant « M. le Comte ou Mme la Duchesse ».

Serviteur de la Révolution, il n'en était pas enthousiaste. Elle lui faisait peur. Il se demandait si, au train où allaient les choses, le tour des geôliers ne viendrait pas un jour ; et tout en son for il craignait un revirement de politique. Dans cette éventualité, il se ménageait des bienveillances parmi les maîtres d'hier qui pouvaient redevenir maîtres de demain.

Au surplus, cette politique timorée n'était pas seule à diriger sa conduite de pitié. Il avait un bon cœur apte à s'émouvoir des infortunes souvent injustes qu'il voyait.

— Ça va bien, père Beauvoiseau ? lui dit Fantik qui aimait sa grosse bonne humeur de cinquantenaire.

— Grand merci, citoyenne. Vous, vous semblez triste, comme toujours. D'ailleurs, l'existence n'est pas folichonne, ici... Je comprends ça.

— Avez-vous eu connaissance de la liste de ceux qui doivent périr aujourd'hui?

— Oui.

— Mlle de Rozquer y figure-t-elle ?

— Votre amie ?... Non.

— Oh ! tant mieux !

— Ni vous non plus, que je vous l'apprenne bien vite.

— Tant pis !

Et Fantik eut une expression ennuyée.

— Tant pis ?... sursauta le bonhomme. Vous en avez de bonnes, vous, par exemple... A votre âge, désirer ainsi la mort? C'est de la folie ! Bien sûr, les temps ne sont pas roses Ça passera. L'important est de gagner des jours..,

— Je n'y tiens pas, loin de là...

— A propos de tout ceci, j'ai précisément à vous parler, citoyenne, et de quelque chose qui en vaut la peine.

— Qu'est-ce donc ?

— Il se pourrait fort que vous fussiez au bout de vos ennuis... Et il ne tient qu'à vous.

— Je ne comprends pas.

— Je vais vous faire la commission telle qu'elle m'a été donnée... C'est assez épineux à rapporter... Si je m'y prends mal, il ne faudra pas m'en vouloir ni vous fâcher... J'ai consenti à la chose, pensant que c'était un bien pour vous.

— Je vous écoute.

— Voilà donc la chose. Si vous voulez, vous pour-

rez être hors d'ici et parfaitement libre, sous peu de
temps.

— Ah !... Merci, Beauvoiseau, mais je ne veux
pas.

Le geôlier ne savait rien de la détresse amoureuse
de Fantik à cause de la mort du baron d'Erlanges.
Cependant, à constater la profonde mélancolie de la
jeune femme, ses fréquentes crises de larmes, son
désir de la mort, il s'était dit qu'il y avait là peut-être
quelque affaire de cœur, que peut-être elle regrettait
un amant disparu dans la catastrophe de la Terreur.

— Pourquoi ne voulez-vous pas ? Vous avez quelque chose qui vous désole, je m'en suis bien aperçu...
Mais la vie a ses bons côtés après les mauvais. Il ne
faut pas s'abandonner qu'à un chagrin... Il y a
l'oubli...

— N'insistez pas, père Beauvoiseau.

— Parbleu, si !... Je vous en demande pardon...
mais j'insiste... Vous pouvez, vous dis-je, être libre.

— Je ne changerai rien à ma résolution... Mais
enfin, puisque vous tenez à en causer, et je sais,
Beauvoiseau, que c'est par bonté d'âme, parlons-en...
De quelle façon cette rare exception pourrait-elle se
produire ?

— Quelqu'un qui s'intéresse à vous se charge de
vous faire ouvrir les portes de la Conciergerie...

— Vraiment ?

— Oui. Quelqu'un de puissant...

Un bruit dans le couloir suspendit l'entretien pendant quelques secondes. C'était un geôlier qui allait

aux cellules des hommes. Il fallait faire attention. L'espionnage régnait dans les prisons. Pour Beauvoiseau ce pouvait être grave.

Durant ce silence, Fantik réfléchissait. Quel personnage pouvait encore s'intéresser à elle, accusée de complicité dans des complots monarchistes ? Etait-ce Mirojal, usant de clémence ; ou bien Saint-Just, le tribun de qui elle se rappelait la sympathie pour elle ?

L'autre geôlier éloigné, elle demanda :

— Le nom de ce quelqu'un ?

— Le citoyen Voujars...

— Lui !... ce monstre !... cria Fantik.

— Chut ! fit Beauvoiseau, redoutant qu'on ne vînt au bruit.

— Jamais ! Jamais !

Très confiant en sa perspicacité, Beauvoiseau raisonna que la jeune femme — ma foi oui, ce devait être cela : elle avait perdu quelque cher amant — ne voulait point manquer à la fidélité jurée au disparu.

— Baste ! fit-il à part soi, le premier moment est toujours ainsi avec les femmes. Mais elles en reviennent. Et celle-ci, pesant les choses, viendra bien à changer d'avis. La liberté est une trop bonne aubaine par le temps qui court.

Il dit à Fantik :

— Citoyenne, vous réfléchirez...

— Oh ! c'est tout réfléchi...

— Nous verrons cela... Je ne voudrais pas vous

influencer, mais enfin, croyez-en ma vieille expérience, la vie est une chose à considérer,... diantre
oui ! Il y en a beaucoup, je vous promets, qui vou-
draient être comme vous...

— Laissez-moi, Beauvoiseau...

— Je m'en vais... Je m'en vais... Je vous laisse le
temps de penser à cela... C'est ce soir seulement que
je dois rendre votre réponse à l'envoyé de Voujars
qui est venu me demander de vous poser la question,
attendu que je suis votre gardien. Vous verrez... vous
mûrirez ça... A la fin de l'après-midi, en venant vous
apporter votre cruche d'eau, je vous demanderai votre
dernière résolution.

Sur ces mots, Beauvoiseau s'en alla, souriant.

Fantik était assise sur l'unique escabeau de bois de
son cachot.

Une folle colère l'agitait.

Ce Voujars, ce Voujars infâme, misérable, ce monstre hideux, lui gardait donc toujours cette convoitise
abjecte, qui avait occasionné tant de malheurs : la
blessure de Georges à la rue de Tournon, — et l'arrestation de M. d'Erlanges et sa mort !

Abominable, cynique, le crapuleux individu avait
escompté l'effroi de sa victime devant la guillotine.
Et il avait espéré qu'elle surmonterait sa haine —
elle, à qui il avait ravi ce qu'elle avait de plus cher
au monde — qu'elle dominerait son aversion et son
dégoût pour échapper, grâce à lui, au couperet. Il
avait osé entrevoir cette dépravée jouissance de tenir
dans ses bras celle qu'il avait martyrisée.

Il lui offrait son influence, sa protection, lui !

Il l'injuriait de sa proposition d'achat !

Délirante de ce suprême outrage du gredin, Fantik en arriva à se demander si elle n'accepterait pas la proposition pour se procurer le bonheur terrible de le frapper, de le tuer, lorsqu'elle serait près de lui, lorsqu'il voudrait la prendre.

Ah ! quelle belle revanche de se refuser encore à lui, à son désir immonde, en lui donnant la mort !

Quelle joie de cracher sur son agonie !

Quelle joie de piétiner son cadavre !

Elle s'anéantirait ensuite, elle, mais ayant offert cet holocauste pathétique aux mânes de M. d'Erlanges !

Elle s'égarait dans ces imaginations sanguinaires, lorsque Mlle de Rozquer ouvrit la porte de la cellule.

La jeune fille était tout en émoi. Elle venait d'embrasser la douairière de Fontarel, qui lui avait toujours été très bonne et qu'on venait d'appeler pour aller à l'échafaud.

Cet incident l'avait bouleversée.

— Dire que demain ce sera peut-être mon tour ! gémit-elle en se jetant dans les bras de Fantik.

La vision de la fin, surgie devant elle, la poignait. La fermeté de ses intentions d'impassibilité — elle la retrouverait assurément en marchant au supplice — se dissipait dans l'énervement de l'expectative. Et la passion de vivre se déchaînait en orage dans son être de jeunesse.

— Je ne veux pas mourir ! Je ne veux pas mourir !

répétait-elle en un convulsif sanglot, cependant que sa taille frissonnait de frayeur.

Fantik la regardait avec attendrissement. Oui, elle avait raison de ne vouloir pas mourir, celle-là si jeune, si jolie, à qui l'existence gardait encore des sourires, à qui l'amour pouvait encore apporter tant de délices.

Brusque, une idée pointait alors, se précisait dans l'esprit de Fantik.

Puisqu'on lui offrait, à elle impatiente au contraire de disparaître, un moyen de fuite, pourquoi n'en ferait-elle pas profiter cette amie que la vie retenait si justement ?

Au lieu d'assouvir la féroce vengeance que son rêve cruel avait un moment caressée — à quoi ça servirait-il ? est-ce que cela lui rendrait M. d'Erlanges ? l'infect Voujars ne serait-il pas assez puni de ne pas la posséder ? — ne vaudrait-il pas mieux, si c'était matériellement réalisable, accepter l'occasion pour sauver cette enfant ?

La pure souffrance crée la bonté.

Les meilleurs sont ceux dont le cœur fut meurtri par la fatalité, innocemment.

Décidée aussitôt, Fantik s'exalta de son projet. Quel suprême bonheur pour elle de pouvoir faire un peu de bien, de pouvoir aider à un peu d'amour, à cet amour si gentil de cette jeune fille et de Georges ! Quel bonheur de pouvoir tenir le serment qu'elle avait fait un jour au marquis : de lui rendre, coûte que coûte, sa fiancée !

— Du courage, Mademoiselle Yvonne, dit-elle.
Bientôt peut-être, vous serez hors d'ici, hors de l'atteinte du bourreau, et dans les bras de M. Georges.

— Hélas ! c'est impossible.

— Non ! j'ai une chance d'évasion pour vous.

— Mais pour vous aussi, je pense ?... Sans cela je
ne consentirais jamais...

— Ame sublime ! pensa Fantik, devant cette magnanimité qui semblait deviner un sacrifice et ne
voulait pas l'accepter. Il fallait ruser. Autrement la
chance possible ne serait pas mise à profit. Et Fantik
répondit :

— Pour moi aussi, naturellement. N'ayez aucun
doute à cet égard. On m'offre le moyen de sortir
quand je voudrai. Je ne ferai que vous céder ma
place. Ce sera votre salut sans compromettre le
mien...

— C'est bien vrai ?

— Je vous l'affirme.

— Alors, je veux bien.

— Ce pourra être pour après-demain, j'espère.

Toute la journée, Fantik réfléchit. Le cas était dif-
ficile. En vérité, elle s'était bien avancée en annonçant cette chance pour rassurer l'inquiétude de la
jeune fille. Les conditions dans lesquelles se présen-
terait cette fuite permettraient-elles une substitution
de personne ?

Si Voujars présidait lui-même à l'opération, la
supercherie serait impossible. Et ce hasard exécrable
était alors possible : que pour se venger de Fantik le

monstre s'emparât d'Yvonne et assouvit sur elle sa colère et sa lubricité. Oh ! cela, ce serait horrible !... Et Fantik fut sur le point de délaisser son projet... D'ailleurs comment abuser les geôliers qui se prêteraient à cette fuite ? Les obstacles s'amoncelaient, évidemment insurmontables.

— Tout de même il faut voir ! conclut Fantik, reprise de sa velléité de sauver Yvonne. Je vais simuler un consentement. Ainsi je saurai comment l'exécution de mon enlèvement sera préparée. Peut-être le plan proposé sera-t-il favorable.

Le soir, Beauvoiseau vint la trouver.

— Je dois porter ma réponse tout à l'heure. Avez-vous songé à ce dont je vous ai parlé ce matin !

— Oui.

— Eh bien ?...

— Vous direz que j'accepte.

La bonne figure du geôlier s'éclaira de gaieté.

— Je l'avais bien prévu... Bah ! vous avez joliment raison. On ne vit qu'une fois...

— Attendez, Beauvoiseau... J'accepte, mais ce n'est pas définitif...

— Hein ?

— Je veux savoir d'abord comment les choses se passeront. C'est assez naturel, voyons ?... On est très sévère pour quiconque tente de s'évader. Si j'étais prise au moment de sortir, ça serait une accusation nouvelle contre moi... et la plus redoutable. Je n'y tiens pas... vous comprenez bien ?... Il me faut donc une fuite discrète et sûre.

— Quant à ça, je vous approuve... J'en causerai ce soir avec l'homme de Voujars et demain vous aurez les renseignements.

Fantik passa une nuit d'anxiété.

Pourrait-elle faire selon son vœu ?...

Le lendemain matin, fidèle à sa promesse, Beauvoiseau apporta les indications.

— J'ai vu l'homme de Voujars... et Voujars lui-même. Ils m'ont expliqué comment ça se produirait.

— Dites vite...

— Voujars qui est dans les bonnes du tribunal révolutionnaire à un ordre de sortie délivré à votre nom... Demain soir, si vous voulez, sur le coup précis de neuf heures un garde de nuit vous attendra près de la porte du préau où les règlements vous autorisent à descendre. Il vous conduira, présentera l'ordre au portier de la grande entrée et vous mènera à une voiture, à quelques pas de là... C'est un homme à Voujars qui sera le cocher.

— Est-ce que Voujars sera dans la voiture ?

— Non... Il ne veut pas se montrer en tout ceci... Paraît que ça lui nuirait d'avoir l'air d'être de connivence avec vous, rapport à ce que vous êtes accusée de royalisme... Voujars vous attendra dans une maison qu'il a louée tout exprès pour vous à Auteuil et où vous n'aurez rien à craindre dans la suite. Le cocher vous y portera à tout galop.

— Très bien...

— C'est entendu ?... Je dois faire connaître votre

réponse ce soir, afin que les mesures soient complètement prises.

— Repassez donc à la tournée du soir. Je vous
dirai mon dernier mot.

Fantik était en pleine joie. Enfin la Providence se
montrait clémente ! L'évasion d'Yvonne était possible ! Voujars ne serait pas là ! Ni les gardes de nuit
ni le portier ne connaissaient les prisonnières. Le subterfuge serait absolument facile. Restait la question
du cocher, l'homme de Voujars. Cela seul était un
obstacle. Comment s'en débarrasser ?

L'inspiration vint tout de suite.

Georges, libre, valide, pourrait s'en charger. Il n'y
avait qu'à le prévenir, dès ce soir, ce qui était réalisable avec l'aide de Beauvoiseau qui lui portait des
lettres. Il s'arrangerait pour s'emparer, un peu avant
neuf heures, de la voiture de Voujars et du cocher.
Avec des précautions, dans le quartier désert, toute
alarme pourrait être évitée.

Tout allait bien ! Et Fantik débordait de bonheur.

— Demain soir sans faute vous aurez quitté la
Conciergerie, dit-elle à Yvonne.

Dans l'après-midi, elle écrivit ce billet pour
M. de Kervec :

« Mon cher Georges,

Je puis enfin tenir mon serment de vous rendre
votre fiancée. Elle pourra être libre demain soir. Il
y faut votre aide. Voici ce que vous aurez à faire.

Quelques minutes avant neuf heures, une voiture stationnera près de la grande entrée de la Conciergerie. Un ami l'y aura envoyée pour me mener chez lui. Assurée que je suis de retrouver cette occasion, je cède ma place pour cette fois à Mlle Yvonne. Vous vous rendrez maître de ce cocher avec l'aide de quelque ami qui prendra sa place pour vous conduire à votre refuge. Dans le trajet, débarrassez-vous dudit cocher afin qu'il ne puisse signaler votre adresse. Aussitôt après neuf heures, une femme sortira de la prison. Ce sera votre fiancée. Agissez avec promptitude et décision ; la moindre imprudence perdrait tout.

Au revoir, mon cher Georges ; je vous aime bien. Soyez heureux. »

FANTIK.

L'enthousiasme de la magnanimité emplit le cœur de la courtisane. Elle allait donc faire du bonheur avant de mourir, un bonheur d'amour ! Et en même temps, comme elle ferait souffrir ce monstre de qui étaient venues toutes ses douleurs. Après avoir espéré la volupté odieuse de posséder sa martyre, quelle blessure pour lui de la voir le narguer jusqu'au bout et jusque dans son offre de liberté !

Lorsque Fantik revit Beauvoiseau, à sa tournée du soir, elle lui dit :

— Eh ! bien ! c'est entendu... Vous direz à qui vous savez que je ferai comme il a été concerté. Que tout soit donc réglé en conséquence.

— Ce sera fait, je vous en réponds... Le citoyen Voujars m'a paru absolument lancé... Je suis sûr que votre acceptation va le rendre fou de joie. Il l'attend avec une impatience !

— Il me tient pourtant à sa guise.

Ensuite, avec un air de négligence, elle ajouta :

— A propos, Beauvoiseau, j'ai encore une commission à vous donner. Elle est fort pressée et très importante.

— Laquelle ?

— C'est de la part de la citoyenne Rozquer. Elle voudrait que le billet que voici fut porté ce soir même au monsieur à qui vous en avez porté beaucoup d'autres. Y a-t-il moyen ? Est-ce que vous savez où rencontrer la personne en question ce soir... vous entendez, ce soir ?...

— Oui dà ! que je le sais bien... Le marquis... Hum ! pardon ! le citoyen que vous dites ne manque pas de m'attendre chaque soir au coin du Pont-Neuf pour me demander si je n'ai pas quelque poulet de sa belle à lui remettre.

— Chaque soir ?

— Il n'y a pas été absent une fois.

— Alors, vous lui donnerez ce billet, s'il vous plaît.

Il n'y avait plus désormais qu'à mettre Yvonne au courant. Fantik attendit jusqu'au jour suivant pour revoir, auparavant, Beauvoiseau. Celui-ci annonça qu'il avait vu Voujars, que tout s'effectuerait d'après l'entente établie, et qu'il avait d'autre part fait tenir son billet à Georges de Kervec.

Dans le préau où elle descendit, Fantik rencontra Yvonne qui brodait dans un cercle de dames.

Elle l'appela à l'écart.

— C'est pour ce soir. N'ayez aucune crainte. C'est moi qui ai tout disposé. Sur le coup de neuf heures trouvez-vous à la porte du préau. Pour plus de précautions, cachez un peu vos habits sous une mantille. Il y aura là un garde de nuit. Vous lui direz : « C'est moi la personne attendue par le citoyen Voujars, » Rappelez-vous bien ce nom...

— Le citoyen Voujars ?

— Oui. Vous accompagnerez cet homme. Il vous fera sortir et vous le suivrez jusqu'à une voiture attendant au dehors. Cette voiture est celle de M. de Kervec. Il sera là.

— Georges ?

— Parfaitement.

— Mais comment se peut-il ?

— Je vous raconterai cela plus tard... M. de Kervec a été prévenu par moi, voilà tout... Un conseil : lorsque vous verrez votre fiancé, n'ayez aucun transport sur le premier moment. Lorsque la voiture sera partie, vous serez sauvée.

— Que vous êtes bonne, Fantik !

Puis, saisie d'un soupçon, Mlle de Rozquer posa avec instance cette question :

— Écoutez, Fantik... Vous me jurez que mon évasion ne nuira pas à la vôtre ?... Vous me jurez que vous ne vous sacrifiez pas pour moi ?

— Je vous répète, Mademoiselle Yvonne, que j'ai

la garantie d'être libre quelques heures après vous.

Toutes les heures de cette journée, les deux amies les passèrent ensemble, se promenant, enlacées, à travers la cour.

Pour achever de donner le change à la jeune fille qu'elle observait, reprise par instants de vagues méfiances, Fantik riait, fredonnait, mêlait à ceux de sa compagne ses rêves de liberté reconquise.

— Vous viendrez avec nous en Bretagne, disait Yvonne. Là-bas, dans la sérénité de la solitude, nous serons heureux.

A la pensée de la chère patrie qu'elle ne reverrait plus, une mélancolie se glissait dans le cœur de Fantik.

Elle se ressaisissait promptement. A quoi bon ce regret? Il n'y a pas de pays, si merveilleux soit-il, si adoré, qui puisse guérir les blessures de l'âme. Nul paysage ne saurait donner l'oubli. Dans la douce Bretagne comme ailleurs, elle ne pourrait songer sans détresse à cet amour fervent qui avait été la rédemption de son vilain passé, elle ne pourrait évoquer sans en pleurer les claires semaines d'idylle et l'enivrante nuit de caresses, ni dissiper l'hallucination du mignon amant décapité. La mort, la bonne et calme mort qu'elle appelait pourrait seule lui donner cette paix.

Vers cinq heures, comme la nuit venait, Fantik dit à Yvonne :

— Il faut nous séparer. Il est préférable qu'on ne nous voie pas ensemble. Les gardes de nuit vont commencer leur service. Celui qui vous attendra à neuf heures pourrait, s'il nous apercevait, s'informer de nous et constater ensuite la substitution. Vous allez rentrer dans votre cellule...

— A bientôt, n'est-ce pas, Fantik ?...

— C'est dit : à très bientôt, sourit Fantik, trouvant la force de surmonter son émotion.

— Dieu soit avec nous !

— Et qu'il vous protège, tout à l'heure.

Et dans un mouvement d'ardente amitié, la fille d'amour et la noble demoiselle, s'embrassant, échangèrent un baiser très long et très doux.

Yvonne pleurait.

Fantik contint ses larmes.

La jeune fille remonta à son cachot. Elle rassemblait tout son courage de race pour n'avoir pas le moindre frisson à l'instant d'agir.

Dans l'ombre de sa pièce, Fantik priait éperdument. Oh! que son renoncement fut accepté, que son projet fut couronné de succès!

Beauvoiseau qui quittait la prison, sa besogne achevée, vint la voir vers sept heures...

— L'heure approche, lui dit-il.

— Oui.

— N'ayez pas peur... Il n'y aura pas d'alerte... Tout est réglé avec la plus grande précision.

— Je n'ai pas peur.

— Au revoir, citoyenne.

— Au revoir, Beauvoiseau... et merci.

Et Fantik se remit à prier.

XI

Dès la demie de huit heures, deux hommes circulaient autour des murs de la Conciergerie.

C'était le marquis Georges de Kervec et un sien ami, le vicomte de Bernac qu'il avait prié pour son expédition.

La nuit était obscure, d'une humidité glacée.

Les passants étaient rares et se hâtaient.

Pour ne pas attirer l'attention, les deux hommes avaient mis des habits d'ouvriers. Marchant de long en large dans les alentours de la porte d'entrée, ils avaient l'air d'attendre la sortie d'un gardien. Ils causaient avec l'apparence la plus naturelle du monde se prodiguant du « citoyen », jurant par « sainte guillotine » à bouche que veux-tu, multipliant les expressions du vocabulaire jacobin.

Pourtant une angoisse étreignait Georges de Kervec. Aussitôt la réception du billet de Fantik — avec quelle effusion de félicité il l'avait lu ! — il avait dressé sa stratégie.

De sa bravoure, de son sang-froid, il était sûr. Le vicomte de Bernac, un jeune homme comme lui, colosse d'une énergie éprouvée, lui avait paru le meilleur compagnon à engager. Bernac lui avait accordé immédiatement son concours.

Mais cette attaque contre le cocher de la voiture de fuite le préoccupait maintenant jusqu'à l'irritation. Si quelque passant allait rendre impossible l'agression avant la sonnerie des neuf heures ? si l'automédon, se défendant, allait donner l'alarme ? Baste ! dès lors, tant pis ! Pour le salut de l'aimée, il ne reculerait devant rien. Portiers, geôliers, policiers, il assommerait tout pour enlever Yvonne.

Dix minutes avant neuf heures, une voiture arriva qui se rangea à quelques mètres de la porte d'entrée.

— C'est celle-ci, dit M. de Bernac.

Les deux hommes étaient arrêtés à quelques pas.

Personne dans les environs.

Une sentinelle postée non loin de là dormait dans sa guérite.

— Attendons un peu, dit Georges. Le cocher va peut-être descendre de son siège. Ça vaudra beaucoup mieux pour nous. Nous l'accosterons sous prétexte de lui demander un renseignement de rue. Et alors, vivement...

En effet, constatant qu'il était en avance, le cocher sautait de son siège pour se dégourdir.

C'était un jeune et robuste gaillard.

— Il va nous donner du fil à retordre, dit Georges.

— Peuh ! j'en fais mon affaire .. Il ne soufflera pas ouf, répliqua M. de Bernac. Allons-y !

Aucun importun n'était en vue. Les deux compagnons s'avancèrent, très calmes.

S'approchant du cocher, M. de Kervec prononça :

— Excuse, citoyen... Pourriez-vous m'indiquer le chemin qu'il faut prendre pour...

Au même instant, d'un bond, M. de Bernac se

jetait sur le cocher, lui appliquait d'une poigne irrésistible un baillon sur la bouche, cependant que
Georges, ayant saisi le pauvre diable par les pieds
les lui ligottait. En un tour de main, se garant des
coups de poing formidables que lui lançait leur victime, M. de Bernac avait assuré et noué le baillon.
Puis il lui maintenait les bras et les liait, murmurant :

— On ne vous fera pas de mal... on n'en veut pas
à votre vie... vous n'avez qu'à vous laisser faire,
morbleu !

Quelques secondes avaient suffi à la scène. L'ad-
versaire dûment neutralisé, M. de Bernac, ouvrant
la porte de la voiture — une grande calèche fermée
— l'installait sur une banquette, lui répétant :

— N'ayez pas peur, sapristi !

Georges se plaçait aussi dans la calèche, tirait les
rideaux pour faire une plus épaisse ténèbre.

Son compagnon, s'emmitouflant dans sa houppe-
lande, coiffait le chapeau du cocher qui était tombé
à terre dans la lutte et se hissait sur le siège. Pour
compléter la contenance de l'emploi, il faisait claquer
le fouet, exécutait des pétarades dignes d'un postil-
lon professionnel.

Neuf heures sonnèrent.

Le cœur de Georges battait à se rompre.

Chaque seconde lui semblait un siècle.

... Au premier coup de l'horloge, Yvonne de Rozquer qui se dissimulait près de la porte du préau,
avait vu un homme, un garde de nuit s'acheminer
vers elle.

Quand il fut près d'elle, elle murmura :

— C'est moi que le citoyen Voujars...

— Très bien, venez.

Le long d'immenses couloirs faiblement éclairés, silencieux, il la guida, marchant d'un pas pressé.

A un guichet près du grand portail d'entrée, il aborda un portier, lui exhiba un papier que l'autre considéra à la lueur d'une lanterne fumeuse.

— Laissez-passer pour la citoyenne Françoise Le Goffal, dite la Bleuette, annonça le geôlier.

Le sang battait aux tempes d'Yvonne, mais aucun tremblement ne secouait son corps.

— Parfait ! répondit le guichetier.

Et il ouvrit la porte.

Le geôlier aperçut la voiture.

— Voici, sans doute votre équipage, citoyenne.

Il alla vers la calèche, parla au cocher.

— Le citoyen Voujars ? demanda-t-il.

— Compris ! répondit M. de Bernac. En route !

— Montez, citoyenne et bon voyage ! dit le geôlier en s'éloignant.

Mlle de Rozquer ouvrait prestement la portière, sautait dans la voiture où les bras de Georges l'accueillaient.

— En route, lança la voix joyeuse de M. de Bernac et il précipita les deux chevaux au grand galop à travers rues et boulevards.

Les bêtes étaient fringantes, le conducteur adroit. On allait d'un train d'enfer.

... Pendant ce temps, agenouillée auprès de son

lit, Fantik priait éperdument. Elle avait entendu sonner neuf heures. Des pleurs coulaient sur ses joues.

L'oreille aux aguets, elle écoutait. Si quelque anicroche survenait, comme le laissez-passer était à son nom, on ne manquerait pas de monter à sa cellule pour l'interroger.

Elle entendit le quart, la demie...

Allons! Yvonne était sauvée! Et une oraison de gratitude monta à ses lèvres. Merci, mon Dieu! que tout se fût passé à souhait! merci qu'elle eût vécu assez longtemps pour accomplir cette œuvre de bonté! Maintenant, elle pouvait mourir. Cela ne tarderait guère. La haineuse rage de Voujars dupé dans son désir activerait l'épilogue.

... — Yvonne!

— Georges!

Les deux fiancés, aussitôt la voiture en marche, s'étaient pris les mains, avaient joint leurs lèvres, se pressant l'un contre l'autre. L'exquis baiser que la jouventine pudeur d'Yvonne lui avait fait refuser jusque là à l'aimé, elle le lui donnait, longuement, passionnément, dans cette minute où ils se retrouvaient après tant de transes de ne se revoir jamais.

Un remuement du cocher sur la banquette effraya la jeune fille. Le marquis lui expliqua comment il avait mené cette attaque d'après le conseil donné par Fantik dans le billet qu'elle lui avait envoyé.

— Ah! cette chère Fantik! soupira Yvonne.

Et tous deux reportèrent leur esprit en affectueuse reconnaissance vers celle à qui ils devaient leur bonheur.

Mais leurs bouches, bien vite, redirent :

— Yvonne !

— Georges !

et se reprirent.

M. de Bernac maintenait l'allure effrénée. Il filait vers Auteuil. Quand on fut dans ce quartier désert, il arrêta, vint à une portière.

— Nous descendons ce pauvre diable ?

— Il ne peut plus nous nuire. Descendons-le.

Georges délia les mains et les pieds du cocher. On le fit sortir de la voiture, lui laissant seulement le bâillon sur la bouche.

— Tu vois, mon brave, lui dit M. de Bernac jovialement, on n'est pas aussi méchants que tu as pu le craindre. Mes compliments pour tes chevaux, mon ami, ils ont du vif argent dans les veines... A propos, que je te dise... Sous peu de minutes je n'aurai plus besoin de tes bêtes ni de ton carrosse. Je les ramènerai sur le parvis Notre-Dame où tu peux venir les retrouver... Au revoir, garçon.

Et le gentilhomme, remonté sur le siège, repartit vertigineusement vers Paris.

Les fiancés continuaient leur baiser, oublieux du monde et du temps.

Ils descendirent dans la rue Saint-Honoré, devant la maison où Georges avait trouvé un abri sûr, chez un ami.

M. de Bernac, suivant la promesse faite au cocher,

recommença sa course vers le parvis Notre-Dame où il devait abandonner l'équipage.

XII

— Comment ! vous ici, citoyenne ?

Ainsi, le lendemain matin, s'exclamait le geôlier Beauvoiseau en apercevant Fantik dans le cachot qu'il comptait trouver vide.

— Voyons ? que s'est-il passé ? il y a eu quelque aria ? On n'a pas voulu, au dernier moment, vous laisser sortir ?

— Je ne l'ai pas même essayé.

— Hein ?

— Car c'est une autre qui est sortie à ma place...

— Vous dites ?

— Et cette autre, c'est Mlle de Rozquer. Je vous ai joué, mon bon Beauvoiseau... J'ai mis à profit votre complaisance pour réaliser un plan que j'avais... Soyez sans inquiétude : Il n'en résultera rien de fâcheux pour vous et je prendrai sur moi toute la culpabilité de ceci.

Ahuri de l'événement, consterné quelque peu d'être mêlé à cette ténébreuse histoire où il ne démêlait goutte et où il avait joué le rôle d'entremetteur, Beauvoiseau ne pouvait s'empêcher d'un sentiment d'admiration pour cette femme qui s'était sacrifiée à une autre.

— En voilà du joli ! en voilà du joli ! ronchonnait-il.

Une chose le surpassait : comment, tout ayant été préparé par Voujars, la substitution avait-elle pu s'opérer ?

Il n'essayait pas de comprendre.

Il se désolait.

— Que va penser de tout ceci le citoyen Voujars ?

— Ah ! celui-là, cria Fantik furieuse à ce nom, je voudrais bien le voir pour lui cracher à la figure ma haine et mon mépris.

Beauvoiseau était de plus en plus hébété.

Il sortit pour annoncer la nouvelle au chef de la prison.

. . . .

Voujars écumait.

Enivré de l'impatience de posséder enfin celle qu'il avait tant désirée, qu'il désirait d'autant plus qu'elle l'avait davantage humilié, il avait attendu dans la maison retirée d'Auteuil où La Bleuette devait lui être amenée.

Il se promettait d'immondes et triomphantes voluptés.

Elle serait donc à lui, cette beauté magnifique ; à lui, cette jeunesse ; à lui, cette fleur d'aristocrate.

L'avait-elle assez bafoué, cependant !...

Baste ! tout vient à point à qui sait patienter. Il avait su préparer son terrain et son moment. Il l'avait matée, l'orgueilleuse, en lui montrant son pouvoir, en lui tuant ses galants. C'était son intervention qui avait fait indéfiniment atermoyer le procès de la belle. Il avait son but : saisir l'occasion de se procurer, auprès de quelque ami au tribunal révolutionnaire, un ordre de sortie. Elle accepterait son secours. Une femme? est-ce qu'une femme résiste, quand on lui offre la vie ?

Il allait donc la tenir sous sa victoire lubrique !

Les heures avaient passé. Énervé, bousculant tout dans la maison où il était seul, il se demandait comment elle n'arrivait pas, quel contretemps avait pu se présenter.

Vers minuit, le cocher était survenu. Le pauvre hère, épouvanté de son algarade, avait couru d'abord au parvis Notre-Dame pour y reprendre son équipage laissé là à la garde de Dieu, puis, à toutes brides, il était retourné à Auteuil pour informer Voujars.

Il lui avait raconté l'agression dont il avait été victime.

— Idiot ! butor ! lui avait gueulé le citoyen.

Ainsi, la gredine lui échappait encore ! Ayant, supposait-il, conservé des relations avec l'extérieur, grâce à quelque gardien à qui peut-être elle s'était livrée (à tous ! à tous ! excepté à lui !) elle avait prévenu quelque amant, combiné avec lui cet enlèvement. C'était lui qui l'avait donnée à un autre ! La jalousie bouillait.

Pourquoi aussi, sous de vaines appréhensions de scandale, avait-il, lui, Voujars, qui disposait de tant de sbires, laissé l'expédition aux soins de ce seul cocher, un drille courageux et dévoué, mais non invincible en cas de guet-apens? Pourquoi n'y être pas allé lui-même, escorté nombreusement?

Elle était à présent hors de son atteinte et se riait de lui, sans doute, plus que jamais, aux bras d'un autre !

Toute la nuit, le monstre avait fulminé à travers cette maison, louée pour elle, où il avait espéré de si glorieux et si luxurieux assouvissements !

Dans la journée, rentré à Paris, il vint à la Conciergerie pour y faire une enquête. La disparition d'une détenue aux lieu et place d'une autre faisait grande rumeur dans la prison.

Voujars fut mis au courant.

Son exaspération fut plus formidable.

L'incident était donc plus injurieux encore pour lui qu'il ne l'avait pensé d'abord. La Bleuette n'avait pas même voulu profiter de son aide !

Elle avait poussé à ce point son dédain de lui, de ne pas même accepter la vie pour lui appartenir. Après tant d'autres outrages, celui-ci était le suprême.

Elle le lui paierait cher !

Elle mourrait.

Cette mort, du reste, qui le vengerait, lui donnerait enfin également, à lui le repos des sens et de l'esprit. En la tuant, il tuerait son désir. C'en serait fini de ce supplice dantesque !

Exacerbé, il multiplia partout ses démarches pour que le procès de La Bleuette fut rapidement appelé. Les conséquences en étaient certaines : la condamnation, l'échafaud. Les charges qui pesaient sur elle étaient terribles.

La méchanceté du misérable fut couronnée de succès. Les loups jacobins se jetèrent sur la proie qu'il leur désignait.

Quinze jours plus tard, Françoise Le Goffal, dite La Bleuette, comparaissait devant le tribunal révolutionnaire sous l'accusation de complicité avec le ci-devant baron d'Erlanges, coupable avéré de traîtrise à la patrie et de complot contre la République.

Fantik ne nia rien, ne se défendit pas.

Au cours des débats, perdu dans la foule des auditeurs, elle reconnut Georges de Kervec quoiqu'il eût pris, pour venir en un tel endroit, un déguisement. Leurs yeux se rencontrèrent, se fixèrent, longtemps.

Ceux de Georges disaient à la malheureuse sa gratitude infinie pour le bonheur qu'il lui devait; parfois ils se mouillaient de larmes, se détournaient, comme attristés du remords de ce bonheur.

La plèbe cruelle hurlait lugubrement:

— A mort, la catin d'aristos!

— A la guillotine!

Fantik n'entendit pas.

Elle n'entendit pas le réquisitoire qui la traînait dans la fange.

Elle n'entendit pas la sentence qui la condamnait à mort. Elle regardait Georges.

Pendant les débats, faisant semblant de prendre des notes pour une réponse à une inculpation, elle avait tracé un billet.

En quittant la salle d'audience, comme l'assemblée se levait en un remous furieux, elle passa près de Georges, lui fit un signe indiquant le billet qui tombait sur le parquet.

Et ses grands yeux bleus, très purs, très calmes, dirent à Georges un éternel adieu, caressants un peu de l'amour d'autan, de l'amour des seize ans sur les grèves d'Armorique.

Elle disparut, indifférente au tumulte.

M. de Kervec se baissa, ramassa le billet et, sorti de la salle, le lut, les yeux brouillés de pleurs.

Fantik avait écrit :

« N'ayez aucun remords, mon cher Georges. Je « ne me suis pas sacrifiée à votre bonheur ni à « Mlle Yvonne. Je voulais mourir. Il me tarde de « mourir.

« La vie m'était intolérable avec le souvenir de « mon amour et de mon amant morts.

« Adieu, mon cher Georges.

« Soyez heureuse avec votre fiancée.

« Moi, je vais rejoindre mon bien-aimé. Je suis « heureuse aussi, bien heureuse.

« Quelquefois, accordez une pensée et une prière, « vous et votre femme, à la pauvre Fantik. »

La foule continuait son beuglement féroce :

— A mort, la fille !

La *Carmagnole* et le *Ça ira* retentissaient avec des accents de brutale frénésie.

Georges, qui sanglotait, s'en alla.

— Les fauves ! les fauves ! murmurait-il.

...Vingt-quatre heures après sa condamnation, Fantik quittait la Conciergerie, dans la charrette fatale qui la portait à l'échafaud.

C'est à l'histoire des frères de Goncourt que nous empruntons encore le tableau et la psychologie pathétiques des poignantes scènes de la marche au supplice.

« A l'heure où le soleil allait laisser la ville aux ténèbres, à l'heure des firmaments rouges, dans le cliquetis de la ferraille et le galop des chevaux, débouchait, sur la place de la Révolution, la grande hécatombe.

Sur cette place, autour de la guillotine debout, autour de la Liberté de plâtre, déjà bronzée par la vapeur du sang, des milliers des têtes coiffées de rouge ondulaient comme un champ de coquelicots. Toutes ces têtes regardaient ; des grappes d'hommes accrochés au socle de la statue de Louis XV regardaient ; des Tuileries et des Champs-Elysées, le Plaisir regardait ; toutes grandes ouvertes, les fenêtres du Garde-Meuble regardaient.

Les charrettes se vidaient, et ceux qui en descendaient gravissaient l'escalier ; ils étaient sanglés, bouclés. Le couteau tombait ; et chaque fois que le couteau tombait, le balayeur Jacot mettait en branle ses grandes jambes, et grimaçant sur son piédestal humide, la bouche fendue par le rire, de son balai rougi jetait à la foule des gouttelettes d'un sang tout chaud. La foule, clamante, agitait en l'air cannes et chapeaux.

Sous la guillotine, les petits gâteaux étaient criés, les clochettes des marchands de tisane tintaient, le vol travaillait, dans les *chemises rouges* la mode se taillait des châles.

La noblesse passait, et elle ne daignait pas entendre qu'on l'injuriait.

Les parlements passaient, portant la statue brisée de la Loi.

Le poète passait, désespéré que la postérité lui vint au milieu de son œuvre, et jetant à la foule ses manuscrits ébauchés, et criant qu'on lui volait l'avenir.

La science passait, pleurant de ne pas léguer les découvertes entrevues.

L'éloquence passait, emportant, en son gosier sonore, les foudres muettes.

Il y avait des hommes qui passaient, et qui étaient pensifs ; d'autres hommes qui répondaient aux engueulements de la foule ; d'autres hommes qui causaient entre eux et riaient.

Il y avait des hommes qui semblaient « friands d'une si belle mort », et qui regardaient le ciel, comme s'ils y étaient attendus par la Liberté, et qui chantaient au pied de l'échafaud.

Il y avait des hommes qui saluaient à droite et à gauche avant de mourir.

Il y avait d'autres hommes qui demandaient à mourir les derniers, pour mourir mieux convaincus que l'homme n'est que matière ; d'autres encore qui s'agenouillaient sur la première marche de l'échafaud.

Et quelquefois une charrette suivait ou rien ne

remuait, où un mort était jeté qui avait fait banque-
route au bourreau.

Il y avait des femmes qui mouraient mieux que les
hommes. Il y avait des femmes qui égayaient leurs
compagnons pendant la route. Il y avait des femmes
qui leur cédaient leur tour à l'arrivée.

Il y en avait qui étaient toutes belles, toutes glo-
rieuses de jeunesse, qui tournaient en leur bouche un
bouton de rose, et le jetaient d'une larme mal essuyée.

Il y en avait qui se serraient contre leur vieux
père, pour s'abriter de leur vieillesse et de leurs longues vertus. Il y avait des femmes qui avaient
quatre-vingts ans. Et il y en avait de paralytiques,
que les aides étaient forcés d'aider à mourir, et
qu'on portait à bras sur la plate-forme de l'échafaud.

Il y avait, dans ces femmes, toutes sortes de femmes, séparées par leur vie, rapprochées et voisines
par leur mort ; des femmes dont le nom était né avec
la France, des brelandières anonymes, d'autres qui
avaient tué, d'autres qui avaient aimé, des comé-
diennes qui avaient conspiré, des prostituées qui
avaient crié : Vive le roi.

Tous les jours, un peu de la France était mené sur
la place pour saluer la statue de la Liberté. Tous les
jours, l'amour de la vie allait s'éteignant dans les
hommes.

Dans la charrette où se trouvait Fantik, il y avait
des hommes et des femmes, des jeunes et des vieux,
des patriciens et des plébéiens, — toutes les classes
et tous les âges.

La soirée d'hiver était glacée. Des condamnés grelottaient, non de peur — de froid.

Tous allaient à leur fin avec cette gravité indifférente ou cette légèreté badine qui étaient devenues les seuls sentiments humains devant la mort.

Plus qu'aucun, Fantik était impassible.

L'heure était donc venue enfin, l'heure tant souhaitée de déposer le fardeau d'une vie détestable. Son esprit demeurait distrait de ce qui l'entourait : des malheureux associés à son destin, de la tourbe des Nérons en carmagnole qui suivaient la charrette en vociférant. Il s'attachait uniquement à repasser des épisodes de l'idylle avec M. d'Erlanges : son arrivée, un soir, à l'hôtel de la rue Neuve-des-Petits-Champs (ah ! que ce soir-là il était pimpant et frivole et joli) ; ses séances de madrigaux subtils lorsqu'il venait chez elle sous des déguisements si baroques ; leurs escarmouches tendres autour du lit de M. de Kervec, dans la « folie » de Montmartre ou dans les retours nocturnes parmi l'ombre de la Butte ; la nuit enchantée où elle s'était donnée, elle la courtisane, lustrée par la vérité d'amour, avec des effarouchements ravis de vierge, avec des frénésies paradisiaques d'épouse !

Extatique, elle revoyait tout cela, et tout le reste de la vie passée ou présente était absent d'elle.

En traversant la rue Saint-Honoré, la charrette passa sous les fenêtres de la maison où M. de Kervec et sa fiancée Yvonne cachaient la félicité de leur réunion en attendant de partir en Bretagne, pour leur mariage.

Assistant, derrière une jalousie, au défilé pitoyable des pauvres êtres d'holocauste, les deux jeunes gens aperçurent Fantik, dans sa charrette, qui contemplait hypnotiquement le ciel comme si elle y distinguait le fantôme chéri de son amant venant à sa rencontre.

Frappée au cœur, Mlle de Rozquer, à cette vue, poussa un grand cri et elle perdit connaissance.

Lorsqu'elle revint à elle sous les baisers de Georges, elle s'agenouilla devant un crucifix. Le jeune homme vint auprès d'elle. Et tous deux, les yeux en tempête de larmes, prièrent de toute leur foi pour celle qui mourait là-bas.

... Parvenue sur la place de la Révolution, Fantik n'y prit davantage attention à rien.

Elle était déjà hors de la vie.

Le « champ rouge de coquelicots », la masse innombrable coiffée de bonnets rouges, était ce soir-là en pleine effervescence. Saoule de sang, la foule vociférait, canaille, immonde, lançant des quolibets à ceux que leurs nerfs trahissaient devant le couperet, vilipendait avec une égale lâcheté les stoïques qui la dédaignaient d'un regard hautain.

Dans cette cohue, un homme se promenait avec agitation. C'était Voujars. Il savait que ce jour-là la Bleuette serait exécutée et contrairement à son espoir d'être libéré de son désir par la mort de la courtisane, il percevait en lui un ouragan de concupiscence et de regrets. Ah ! que n'aurait-il pas donné pour pouvoir suspendre, interdire cette décapitation. Plus

que tout, la mort lui enlèverait irrémissiblement
cette femme !... Hélas ! son occulte autorité aux clubs
jacobins étant désormais impuissante. La Bleuette
allait disparaître. Et son âme de monstre s'épouvantait de ténèbre.

Des hommes montaient vers la guillotine rouge
avec des faces immobiles et austères ; des femmes y
montaient en souriant.

Fantik ne voyait rien, disparue dans sa vision suave
de l'amour passé, de l'amour de bientôt quand elle se
réunirait au fantôme de l'adoré.

Ce fut son tour.

Elle gravit les marches.

Et dans la mélancolie blême du crépuscule hiver-
nal, on la vit apparaître sur le tragique tréteau.

Elle était jolie indiciblement. Affinée de pâleur et
de dépérissement languide, sa figure avait une expression de séraphisme. Ses grands yeux bleus, reflétant
la limpidité des horizons armoricains, brillaient d'extase. Et ses cheveux très longs, très blonds, l'au-
réolaient d'une douce majesté.

Vers cette jeunesse et vers ce charme, pas un cri
de pitié ne jaillit de la tourbe trépidante, turpide,
qui regoulait sa vile fureur de sang — pas un cri
humain ne perça le grondement féroce des fauves.

Voujars, au fond de cette houle, béait d'effroi.

Seul, un homme eut un tressaillement de compassion : Saint-Just. Il passait sur la place, distrait dans
son rêve sublime de légalité et de fraternité, splendide en sa beauté pensive et platonicienne de jeune

dieu. Prédestiné à mourir jeune, et le devinant, il voyait sans émoi, habituellement, la mort des autres.

Cependant, en reconnaissant la Bleuette, un instinct de miséricorde s'émut en lui. Peut-être, jadis, quand la jolie fille, dans les fêtes, était auprès de lui, avait-il, descendant du songe superbe de sa politique, ressenti un peu la séduction qu'elle dégageait.

Il fut triste immensément.

Il pensa :

— La pauvre mignonne !

Et il soupira.

Le bourreau saisissait Fantik et la couchait sur la bascule, brutalement.

Un éclair pâle... Un jet pourpre.

Sanson ramassait la tête blonde dans la boue sanglante de son échafaud, il la tendait, à bout de bras, vers les regards délirants du public. Et il riait, stupide. Il y eut des applaudissements.

La démence saloméenne de la canaille se repaissait de la merveille affreuse de cette tête livide, maculée de rouge et vaporée d'or.

On cria :

— Vive la Nation !

Et la clameur insatiable reprit :

— A mort !

— A mort !

Dans la foule, Voujars, glacé d'horreur, était tombé évanoui.

Courbevoie. — Imp. E. BERNARD, rue de la Station.

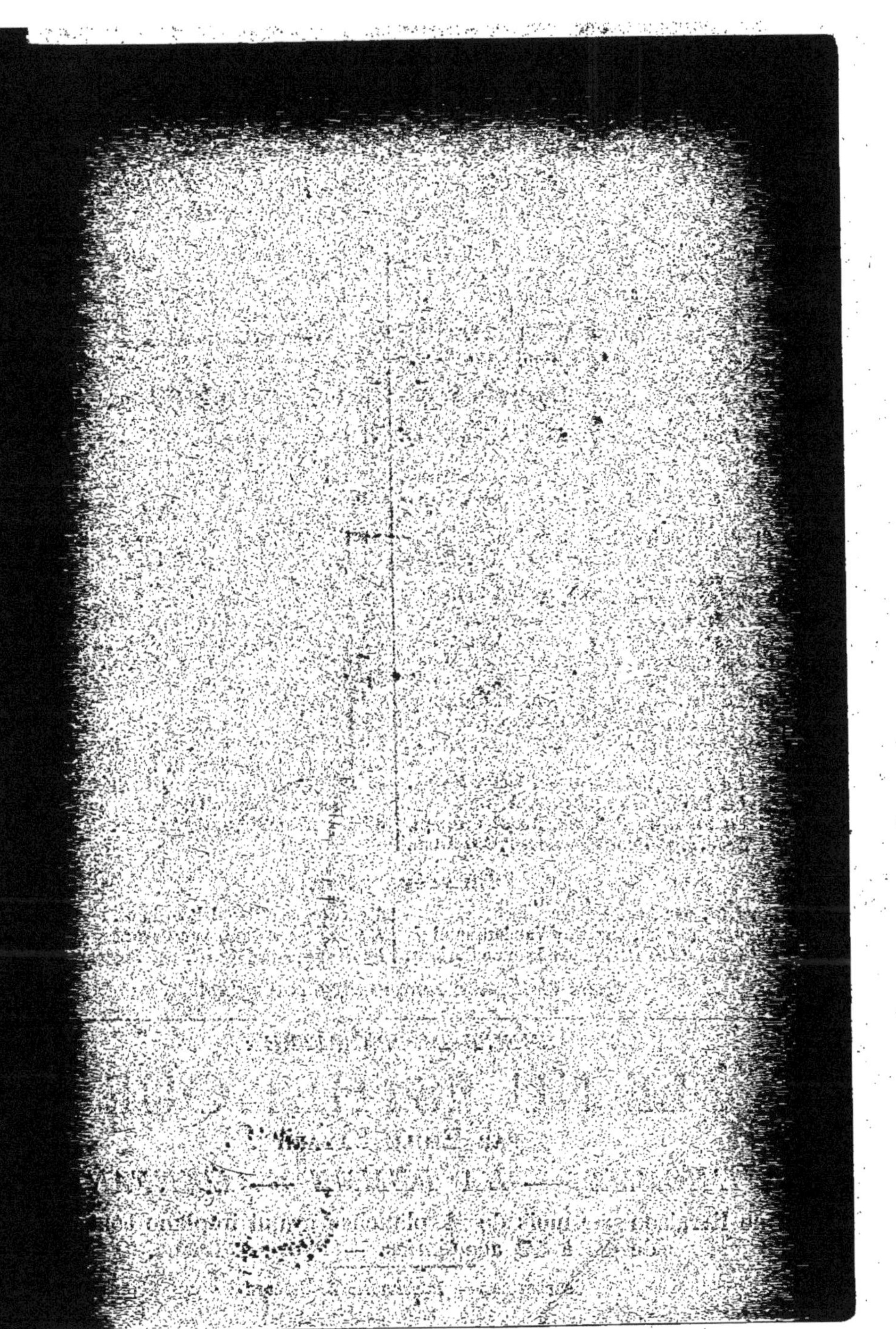